A VARANDA DO FRANGIPANI

Obras do autor na Companhia das Letras

Antes de nascer o mundo
As Areias do Imperador 1 — Mulheres de cinzas
As Areias do Imperador 2 — Sombras da água
As Areias do Imperador 3 — O bebedor de horizontes
Cada homem é uma raça
A confissão da leoa
Contos do nascer da Terra
E se Obama fosse africano?
Estórias abensonhadas
O fio das missangas
O gato e o escuro
A menina sem palavra
Na berma de nenhuma estrada
O outro pé da sereia
Poemas escolhidos
Um rio chamado Tempo, uma casa chamada Terra
Terra sonâmbula
O último voo do flamingo
A varanda do frangipani
Venenos de Deus, remédios do Diabo
Vozes anoitecidas

MIA COUTO

A varanda do frangipani

8ª reimpressão

Copyright © 1996 by Mia Couto, Editorial Caminho, SA, Lisboa

A editora optou por manter a grafia do português de Moçambique

Edição apoiada pelo Instituto Português do Livro e das Bibliotecas

Capa
Alceu Chiesorin Nunes

Ilustração de capa
Angelo Abu

Revisão
Ana Maria Barbosa

Os personagens e as situações desta obra são reais apenas no universo da ficção; não se referem a pessoas e fatos concretos, e sobre eles não emitem opinião.

Dados Internacionais de Catalogação na Publicação (CIP)
(Câmara Brasileira do Livro, SP, Brasil)

    Couto, Mia
      A varanda do frangipani / Mia Couto. — 1ª ed. — São Paulo : Companhia das Letras, 2007.

    ISBN 978-85-359-2754-2

    1.Ficção moçambicana (Português) I. Título.

07-0185   CDD-869.3

Índice para catálogo sistemático:
1. Ficção : Literatura moçambicana em português   869.3

[2019]
Todos os direitos desta edição reservados à
EDITORA SCHWARCZ S.A.
Rua Bandeira Paulista, 702, cj. 32
04532-002 — São Paulo — SP
Telefone: (11) 3707-3500
www.companhiadasletras.com.br
www.blogdacompanhia.com.br
facebook.com/companhiadasletras
instagram.com/companhiadasletras
twitter.com/cialetras

Chaka, fundador do império Zulu, aos seus assassinos:

"Nunca governareis esta terra.
Ela será apenas governada pelas andorinhas do outro lado do mar,
aquelas que têm orelhas transparentes..."

(citado por H. Junod)

"Moçambique: essa imensa varanda sobre o Índico..."

(Eduardo Lourenço,
na despedida de Maputo, em 1995)

Índice

Primeiro capítulo
    O sonho do morto 9
Segundo capítulo
    Estreia nos viventes 19
Terceiro capítulo
    A confissão de Navaia 25
Quarto capítulo
    Segundo dia nos viventes 39
Quinto capítulo
    A confissão do velho português 45
Sexto capítulo
    Terceiro dia nos viventes 55
Sétimo capítulo
    A confissão de Nhonhoso 61
Oitavo capítulo
    Quarto dia nos viventes 71
Nono capítulo
    A confissão de Nãozinha 77
Décimo capítulo
    Quinto dia nos viventes 93

Décimo primeiro capítulo
   A carta de Ernestina 101
Décimo segundo capítulo
   De regresso ao céu 113
Décimo terceiro capítulo
   A confissão de Marta 121
Décimo quarto capítulo
   A revelação 133
Décimo quinto capítulo
   O último sonho 139

Glossário 145

Nota: Os termos de origem moçambicana usados pelo autor, e que podem ser desconhecidos do leitor, encontram-se explicados num Glossário, na parte final do livro.

Primeiro capítulo

O SONHO DO MORTO

Sou o morto. Se eu tivesse cruz ou mármore neles estaria escrito: Ermelindo Mucanga. Mas eu faleci junto com meu nome faz quase duas décadas. Durante anos fui um vivo de patente, gente de autorizada raça. Se vivi com direiteza, desglorifiquei-me foi no falecimento. Me faltou cerimónia e tradição quando me enterraram. Não tive sequer quem me dobrasse os joelhos. A pessoa deve sair do mundo tal igual como nasceu, enrolada em poupança de tamanho. Os mortos devem ter a discrição de ocupar pouca terra. Mas eu não ganhei acesso a cova pequena. Minha campa estendeu-se por minha inteira dimensão, do extremo à extremidade. Ninguém me abriu as mãos quando meu corpo ainda esfriava. Transitei-me com os punhos fechados, chamando maldição sobre os viventes. E ainda mais: não me viraram o rosto a encarar os montes Nkuluvumba. Nós, os Mucangas, temos obrigações para com os antigamentes. Nossos mortos olham o lugar onde a primeira mulher saltou a lua, arredondada de ventre e alma.
    Não foi só o devido funeral que me faltou. Os desleixos foram mais longe: como eu não tivesse outros

bens me sepultaram com minha serra e o martelo. Não o deviam ter feito. Nunca se deixa entrar em tumba nenhuns metais. Os ferros demoram mais a apodrecer que os ossos do falecido. E ainda pior: coisa que brilha é chamatriz da maldição. Com tais inutensílios, me arrisco a ser um desses defuntos estragadores do mundo. Todas estas atropelias sucederam porque morri fora do meu lugar. Trabalhava longe da minha vila natal. Carpinteirava em obras de restauro na fortaleza dos portugueses, em São Nicolau. Deixei o mundo quando era a véspera da libertação da minha terra. Fazia a piada: meu país nascia, em roupas de bandeira, e eu descia ao chão, exilado da luz. Quem sabe foi bom, assim evitado de assistir a guerras e desgraças.

Como não me apropriaram funeral fiquei em estado de xipoco, essas almas que vagueiam de paradeiro em desparadeiro. Sem ter sido cerimoniado acabei um morto desencontrado da sua morte. Não ascenderei nunca ao estado de xicuembo, que são os defuntos definitivos, com direito a serem chamados e amados pelos vivos. Sou desses mortos a quem não cortaram o cordão desumbilical. Faço parte daqueles que não são lembrados. Mas não ando por aí, pandemoniando os vivos. Aceitei a prisão da cova, me guardei no sossego que compete aos falecidos.

Me ajudou o ter ficado junto a uma árvore. Na minha terra escolhem um canhoeiro. Ou uma mafurreira. Mas aqui, nos arredores deste forte, não há senão uma magrita frangipaneira. Enterraram-me junto a essa árvore. Sobre mim tombam as perfumosas flores do frangipani. Tanto e tantas que eu já cheiro a pétala. Vale a pena me adoçar assim? Porque agora só o vento me cheira. No resto, ninguém me cuida. Disso eu já me resignei. Mesmo esses que rondam, pontuais, os cemitérios, que sabem eles dos mortos? Medos, sombras e escuros. Até eu, falecido veterano, conto sabedoria pelos dedos. Os mortos não sonham, isso vos digo. Os defuntos só sonham em noites de chuva. No resto, eles são sonhados. Eu que nunca tive quem me deitasse lembrança, eu sou sonhado por quem? Pela árvore. Só o frangipani me dedica nocturnos pensamentos.

A árvore do frangipani ocupa uma varanda de uma fortaleza colonial. Aquela varanda já assistiu a muita história. Por aquele terraço escoaram escravos, marfins e panos. Naquela pedra deflagraram canhões lusitanos sobre navios holandeses. Nos fins do tempo colonial, se entendeu construir uma prisão para encerrar os revolucionários que combatiam contra os portugueses. Depois da Independência ali se improvisou um asilo para velhos. Com os terceiro-idosos, o lugar definhou. Veio a guerra, abrindo pastos para mortes. Mas os tiros ficaram longe do forte. Terminada a guerra, o asilo restava como herança de ninguém. Ali se descoloriam os tempos, tudo engomado a silêncios e ausências. Nesse destempero, como sombra de serpente, eu me ajeitava a impossível antepassado.

Até que, um dia, fui acordado por golpes e estremecimentos. Estavam a mexer na minha tumba. Ainda pensei na minha vizinha, a toupeira, essa que ficou cega para poder olhar as trevas. Mas não era o bicho escavadeiro. Pás e enxadas desrespeitavam o sagrado. O que esgravatava aquela gente, avivando assim a minha morte? Espreitei entre as vozes e entendi: os governantes me queriam transformar num herói nacional. Me embrulhavam em glória. Já tinham posto a correr que eu morrera em combate contra o ocupante colonial. Agora queriam os meus restos mortais. Ou melhor, os meus restos imortais. Precisavam de um herói mas não um qualquer. Careciam de um da minha raça, tribo e região. Para contentar discórdias, equilibrar as descontentações. Queriam pôr em montra a etnia, queriam raspar a casca para exibir o fruto. A nação carecia de encenação. Ou seria o vice-versa? De necessitado eu passava a necessário. Por isso me covavam o cemitério, bem fundo no quintal da fortaleza. Quando percebi, até fiquei atrapalhaço.

Nunca fui homem de ideias mas também não sou morto de enrolar língua. Eu tinha que desfazer aquele engano. Caso senão eu nunca mais teria sossego. Se faleci foi para ficar sombra sozinha. Não era para festas, arrombas e tambores. Além disso, um herói é como o santo. Ninguém lhe ama de verdade. Se lembram dele em urgências pessoais e aflições nacionais. Não fui amado enquanto vivo. Dispensava, agora, essa intrujice.

Lembrei o caso do camaleão. Todos sabem a lenda: Deus enviou o camaleão como mensageiro da eternidade. O bicho demorou-se a entregar aos homens o segredo da vida eterna. Demorou-se tanto que deu tempo a que Deus, entretanto, se arrependesse e enviasse um outro mensageiro com o recado contrário. Pois eu sou um mensageiro às avessas: levo recado dos homens para os deuses. Me estou demorando com a mensagem. Quando chegar ao lugar dos divinos já eles terão recebido a contrapalavra de outrem.

Certo era que eu não tinha apetência para herói póstumo. A condecoração devia ser evitada, custasse os olhos e a cara. Que poderia eu fazer, fantasma sem lei nem respeito? Ainda pensei reaparecer no meu corpo de quando eu era vivo, moço e felizão. Me retroverteria pelo umbigo e surgiria, do outro lado, fantasma palpável, com voz entre os mortais. Mas um xipoco que reocupa o seu antigo corpo arrisca

perigos muito mortais: tocar ou ser tocado basta para descambalhotar corações e semear fatalidades.
    Consultei o pangolim, meu animal de estimação. Há alguém que desconheça os poderes deste bicho de escamas, o nosso halakavuma? Pois este mamífero mora com os falecidos. Desce dos céus aquando das chuvadas. Tomba na terra para entregar novidades ao mundo, as proveniências do porvir. Eu tenho um pangolim comigo, como em vida tive um cão. Ele se enrosca a meus pés e faço-lhe uso como almofada. Perguntei ao meu halakavuma o que devia fazer.
    — *Não quer ser herói?*
    Mas herói de quê, amado por quem? Agora, que o país era uma machamba de ruínas, me chamavam a mim, pequenito carpinteiro!? O pangolim se intrigou:
    — *Não lhe apetece ficar vivo, outra vez?*
    — Não. Como está a minha terra, não me apetece.
    O pangolim rodou sobre si próprio. Perseguia a extremidade do corpo ou afinava a voz para que eu lhe entendesse? Porque não é com qualquer que o bicho fala. Ergueu-se sobre as patas traseiras, nesse jeito de gente que tremexia comigo. Apontou o pátio da fortaleza e disse:
    — *Veja à sua volta, Ermelindo. Mesmo no meio destes destroços nasceram flores silvestres.*
    — Não quero regressar para lá.
    — *É que aquele será, para sempre, o teu jardim: entre pedra ferida e flor selvagem.*
    Me irritavam aquelas vagueações do escamudo. Lhe lembrei que eu queria era conselho, uma saída. O halakavuma ganhou as gravidades e disse:
    — *Você, Ermelindo, você deve remorrer.*
    Voltar a falecer? Se nem foi fácil deixar a vida da primeira vez! Seguindo a tradição de minha família não deveria ser sequer tarefa fazível. Meu avô, por

exemplo, durou infinidades. Com certeza, não morreu ainda. O velho deixava a perna de fora do corpo, dormia junto de perigosas folhagens. Oferecia-se, desse modo, à mordedura das cobras. O veneno, em doses, nos dá mais vivência. Falava assim. E parecia a vida lhe dava razão: cada vez ele ficava mais cheio de feitio e forma. O halakavuma se parecia com meu avô, teimoso como um pêndulo. O bicho insistia-me:
— Escolha um que esteja próximo para acabar.
O lugar mais seguro não é no ninho da cobra-mamba? Eu devia emigrar em corpo que estivesse mais perto de morrer. Apanhar boleia dessa outra morte e dissolver-me nessa findação. Não parecia difícil. No asilo não faltaria quem estivesse para morrer.
— Quer dizer que eu vou ter que fantasmear-me por um alguém?
— Você irá exercer-se como um xipoco.
— Deixe-me pensar, disse eu.
No fundo, a decisão já tinha sido tomada. Eu fingia apenas ser dono da minha vontade. Nessa mesma noite, eu estava transitando para xipoco. Pelas outras palavras, me transformava num "passa-noite", viajando em aparência de um outro alguém. Caso reocupasse meu próprio corpo eu só seria visível do lado da frente. Visto por detrás não passaria de oco de buraco. Um vazio desocupado. Mas eu iria residir em corpo alheio. Da prisão da cova eu transitava para a prisão do corpo. Eu estava interdito de tocar a vida, receber directamente o sopro dos ventos. De meu recanto eu veria o mundo translucidar, ilúcido. Minha única vantagem seria o tempo. Para os mortos, o tempo está pisando nas pegadas da véspera. Para eles nunca há surpresa.
No princípio, ainda depositei dúvida: esse halakavuma dizia a verdade? Ou inventava, de tanto estar longe do mundo? Há anos que ele não descia ao solo,

suas unhas já cresciam a redondear umas tantas voltas. Se mesmo as patas dele tinham saudade do chão, por que motivo sua cabeça não fantasiava loucuras? Mas, depois, eu me fui deixando ocupar pela antecipação da viagem ao mundo dos vivos.

Me enchi tanto desta vontade que até sonhei sem chuva nem noite. O que sonhei? Sonhei que me enterravam devidamente, como mandam nossas crenças. Eu falecia sentado, queixo na varanda dos joelhos. Descia à terra nessa posição, meu corpo assentava sobre areia que haviam retirado de um morro de muchém. Areia viva, povoada de andanças. Depois me deitavam terra com suavidade de quem veste um filho. Não usavam pás. Apenas serviço de mãos. Paravam quando a areia me chegava aos olhos. Então, espetavam à minha volta paus de acácias. Tudo em aptidão de ser flor. E para convocar a chuva me cobriam de terra molhada. Assim eu me aprendia: um vivo pisa o chão, um morto é pisado pelo chão.

E sonhei ainda mais: após a minha morte, todas as mulheres do mundo dormiam ao relento. Não era apenas a viúva que estava interdita a abrigar-se, como é hábito da nossa crença. Não. Era como se todas as mulheres tivessem, em mim, perdido o esposo. Todas estavam sujas por minha morte. O luto se estendia por todas as aldeias como um cacimbo espesso. As lamparinas iluminavam o milho, mãos trémulas passavam com o cadinho do fogo entre os espigueirais. Limpavam-se os campos dos maus-olhados.

No dia seguinte, mal acordei me pus a abanar o halakavuma. Queria saber quem era a pessoa que ia ocupar.

— *É um que está para vir.*

— Um? Qual?

— *É um de fora. Vai chegar amanhã.* Depois, acrescentou: *Foi pena não me ter lembrado antes. Uma*

semana antes e tudo estaria já resolvido. Há uns poucochinhos dias mataram um grande, lá no asilo.
— Que grande?
— O director do asilo. Foi morto ao tiro.
Por motivo desse assassinato vinha da capital um agente da polícia. Eu que me instalasse no corpo desse inspector e seria certo que morreria.
— Você vai entrar nesse polícia. Deixe o resto por minhas contas.
— Quanto tempo vou ficar lá, na vida?
— Seis dias. É o tempo do polícia ser morto.
Era a primeira vez que eu iria sair da morte. Por estreada vez iria escutar, sem o filtro da terra, as humanas vozes do asilo. Ouvir os velhos sem que eles nunca me sentissem. Uma dúvida me enrugava. E se eu acabasse gostando de ser um "passa-noite"? E se, no momento de morrer por segunda vez, me tivesse apaixonado pela outra margem? Afinal, eu era um morto solitário. Nunca tinha passado de um pré-antepassado. O que surpreendia era eu não ter lembrança do tempo que vivi. Recordava somente certos momentos mas sempre exteriores a mim. Recordava, sobretudo, o perfume da terra quando chovia. Vendo a chuva escorrendo por Janeiro, me perguntava: como sabemos que este cheiro é da terra e não do céu? Mas não lembrava, no entanto, nenhuma intimidade do meu viver. Será sempre assim? Os restantes mortos teriam perdido a privada memória? Não sei. Em meu caso, contudo, eu aspirava ganhar acesso às minhas privadas vivências. O que queria lembrar, muito-muito, eram as mulheres que amei. Confessei esse desejo ao pangolim. Ele me sugeriu, então:
— Você mal chegue à vida queime umas sementes de abóbora.
— Para quê?

— *Não sabe? Queimar pevides faz lembrar amantes esquecidos.*

No dia seguinte, porém, eu repensei a minha viagem à vida. Esse pangolim já estava demasiado gasto. Poderia eu confiar em seus poderes? Seu corpo rangia que nem curva. Seu cansaço derivava do peso de sua carapaça. O pangolim é como o cágado — caminha junto com a casa. Daí seus extremos cansaços.

Chamei o halakavuma e lhe disse da minha recusa em me transferir para o lado da vida. Ele que entendesse: a força do crocodilo é a água. Minha força era estar longe dos viventes. Eu nunca soube viver, mesmo quando era vivo. Agora, mergulhado em carne alheia, eu seria roído por minhas próprias unhas.

— *Ora, Ermelindo: você vá, o tempo lá está bonito, molhado a boas chuvinhas.*

Eu que fosse e agasalhasse a alma de verde. Quem sabe eu encontrasse uma mulher e tropeçasse em paixão? O pangolim avaselinava a conversa e engrossava a vista. Ele sabia que não era assim fácil. Eu tinha medo, o mesmo medo que os vivos sentem quando se imaginam morrer. O pangolim me assegurava futuros mais-que-perfeitos. Tudo se passaria ali, na mesmíssima varanda, no embaixo da árvore onde eu estava enterrado. Olhei o frangipani e senti saudade antecipada dele. Eu e a árvore nos semelhávamos. Quem, alguma vez, tinha regado as nossas raízes? Ambos éramos criaturas amamentadas a cacimbo. O halakavuma tinha também suas gratidões com o frangipani. Apontou a varanda e disse:

— *Aqui é onde os deuses vêm rezar.*

Segundo capítulo

ESTREIA NOS VIVENTES

Este homem que estou ocupando é um tal Izidine Naíta, inspector da polícia. Sua profissão é avizinhada aos cães: fareja culpas onde cai sangue. Estou num canto de sua alma, espreito-lhe com cuidado para não atrapalhar os dentros dele. Porque este Izidine, agora, sou eu. Vou com ele, vou nele, vou ele. Falo com quem ele fala. Desejo quem ele deseja. Sonho quem ele sonha.

Neste momento, por exemplo, estou viajando num helicóptero, em missão enviada pela Nação. Meu hospedeiro anda esgravatando verdades sobre quem matou Vasto Excelêncio, um mulato que foi responsável pelo asilo de velhos de São Nicolau. Izidine iria percorrer labirintos e embaraços. Com ele eu emigrava no penumbroso território de vultos, enganos e mentiras.

Espreito das nuvens, por cima das vertigens. Lá em baixo, faceando o mar se vê a velha fortaleza colonial. É lá que fica o asilo, é lá que estou enterrado. Tem graça que eu tenha saído directamente das profundezas para as nuvens. Olho da janela. A Fortaleza de São Nicolau é uma pequenita mancha que cabe num pedacito de mundo. Minha campa, essa nem se distingue. Vista do alto, a fortaleza é, antes, uma fraqueleza. Se notam os escombros como costelas descaindo sobre o barranco, frente à praia rochosa. Esse mesmo monumento que os colonos queriam eternizar em belezas estava agora definhando. Minhas madeirinhas, aquelas que eu ajeitara, agoniavam podres, sem remédio contra o tempo e a maresia.

Durante os longos anos da guerra, o asilo esteve isolado do resto do país. O lugar cortara relações com o universo. As rochas, junto à praia, dificultavam o acesso por mar. As minas, do lado interior, fechavam o cerco. Apenas pelo ar se alcançava São Nicolau. De helicóptero iam chegando mantimentos e visitantes.

A paz se instalara, recente, em todo país. No asilo, porém, pouco mudara. A fortaleza permanecia ainda rodeada de minas e ninguém ousava sair ou entrar. Só um dos asilados, a velha Nãozinha, se atrevia caminhar nos matos próximos. Mas ela era tão sem peso que nunca poderia accionar um explosivo. Enquanto morto eu tinha sentido os pés dessa velha me calcando o sono. E eram carícias, o mágico toque da gente humana.

Agora, eu me contrabandeava por essa fronteira que, antes, me separara da luz. Este Izidine Naíta, este homem que me transporta, não tem senão seis dias de destino. Suspeitará do seu próximo fim? Será por isso que ele se apressa agora, decidido a ganhar tempo? Vou no gesto do homem ao abrir uma pasta cheia de dactilografias. Na capa está escrito *Dossier*. Vê-se uma fotografia. Izidine pergunta em voz alta, apontando a imagem:

— *Este era Vasto Excelêncio?*

— *Posso ver melhor?*

Olho a nossa companheira de viagem, sentada no banco de trás do helicóptero. Fico com pena de não ter ocupado esse outro corpo. Marta Gimo era mulher de se olhar e lamber os olhos. Tinha sido enfermeira no asilo até à data do crime. Saíra apenas para prestar-se a testemunhações e depoimentos em Maputo.

— *Não vejo aqui a mulher de Vasto*, disse Izidine... vagueando um dedo pela fotografia.

Marta não reagiu. Olhou o mar, lá em baixo, como se, de repente, uma tristeza a tivesse trespassado. Ficou com a foto nas mãos e respondeu em suspiro:

— *Nessa altura, a mulher dele ainda não tinha chegado a São Nicolau.*

Ela permaneceu distante, a fotografia tombada sobre o assento. Me atentei em Izidine e tive pena do homem que eu residia: ele estava perdido, abarrotando dúvida. O que sabia ele? Que uma semana atrás, um helicóptero viajara até à fortaleza para ir buscar Vasto Excelêncio e sua esposa Ernestina. Excelêncio tinha sido promovido a importante lugar no governo central. Contudo, quando chegaram a São Nicolau já não o encontraram com vida. Alguém o tinha assassinado. Não se sabe quem nem porquê. O certo é que os do helicóptero deram com o corpo de Excelêncio esparramorto nas rochas da barreira. Viram-no quando o aparelho se aproximava da fortaleza.

Assim que pousaram, desceram a encosta para recuperar o corpo. Quando chegaram às rochas, porém, já não encontraram os restos de Excelêncio. Buscaram nas imediações. Em vão. O cadáver desaparecera misteriosamente. As ondas o levaram, assim pensaram. Desistiram das buscas e, como anoitecesse, iniciaram a viagem de retorno. Contudo, quando sobrevoavam a zona voltaram a deparar com o corpo estendido sobre os rochedos. Como voltara para ali? Estaria, afinal, vivo? Impossível. Se notavam os extensos ferimentos e não havia sinal de movimento. Deram voltas e voltas

mas não era possível o helicóptero aterrar ali. E regressaram à capital. Assim sucedera.
— *Estamos a chegar!*
Marta acenava para um pequeno grupo de velhos. O piloto nos deu indicações em voz alta: mal tocasse o solo, devíamos sair, sem demoras. O combustível dava, à justa, para a viagem de retorno. As hélices faziam eco nas paredes de pedra e nuvens de poeira se erguiam em remoinhos. Saltámos do aparelho, os velhos se encolhiam como cachorros. Agarravam-se às vestes como se flutuassem. Um deles se prendia com as duas mãos a um mastro. Parecia uma bandeira em dia de ventania.

Depois de o aparelho voltar a levantar voo, eles regressaram para os seus cantos. Marta rodou por ali, cumprimentando cada um deles. Izidine tentou aproximar-se mas os velhos se furtaram, bravios e arredios. De que desconfiavam?

O helicóptero se extinguiu em nada no horizonte e Izidine Naíta se foi sentindo desamparado, perdido entre seres que se vedavam a humanos entendimentos. Uma semana depois, o mesmo helicóptero deveria regressar para o transportar à capital. O inspector tinha sete dias para descobrir o assassino. Não tinha fontes acreditáveis, nenhuma pista. Nem sequer sobrara o corpo da vítima. Restavam-lhe testemunhas cuja memória e lucidez já há muito haviam falecido.

Pousou o saco de viagem sobre um banco de pedra. Olhou as redondezas e afastou-se pela amurada da fortaleza. Não faltava muito para deixar de haver sol. Alguns morcegos já se lançavam dos beirais em voos cegos. Os velhos internavam-se no escuro dos seus pequenos quartos. O polícia não se demorou, receoso de que a magra luz se escoasse. Ao regressar surpreendeu um velho remexendo no seu saco. O intruso fugiu.

Ainda o chamou mas ele desapareceu no escuro. Rapidamente, Izidine inspeccionou o conteúdo do saco. Suspirou de alívio: a pistola ainda ali estava.

— *Está à procura de uma lanterna?*

O polícia saltou de susto. Não notara a aproximação de Marta. A enfermeira apontou um quarto próximo e entregou uma vela e uma caixa com alguns fósforos:

— *Poupe bem a vela, é a única.*

O polícia entrou no quarto, já sem luminosidade. Acendeu a vela e retirou as coisas do saco. No chão tombou uma pequena lata. Apanhou o objecto: não era uma lata. Seria um pedaço de madeira? Parecia, antes, uma casca de tartaruga. Izidine se intrigava: como saiu aquilo do saco de viagem? Rodou a casca entre os dedos e deitou-a pela janela fora. Depois, voltou a sair.

Izidine tinha um plano: entrevistaria, em cada noite, um dos velhos sobreviventes. De dia procederia a investigações no terreno. Depois de jantar, se sentaria junto à fogueira a escutar o testemunho de cada um. Na manhã seguinte, anotaria tudo o que escutara na anterior noite. Assim surgiu um pequeno livro de notas, este caderno com a letra do inspector fixando as falas dos mais velhos e que eu agora levo comigo para o fundo da minha sepultura. O livrinho apodrecerá com meus restos. Os bichos se alimentarão dessas vozes antigas.

O inspector ainda se perguntou sobre quem ouviria primeiro. Mas não foi ele que escolheu. O primeiro velho apareceu assim que Izidine saiu dos aposentos. No lusco-fusco parecia um menino. Trazia um arco de bicicleta. Sentou-se fazendo passar o aro pelo pescoço. Izidine lhe solicitou a sua versão do que ali tinha ocorrido. O velho perguntou:

— *Você tem a noite toda de tempo?*

Colocou o homem à vontade: ele tinha a noite inteira. O velho sorriu, matreiro. E explicou-se assim:

— É que aqui, falamos de mais. E sabe porquê? Porque estamos sós. Nem Deus nos faz companhia. Está a ver lá?

— Lá, onde?

— Aquelas nuvens no céu. São como estas cataratas nos meus olhos: névoas que impedem Deus de nos espreitar. Por isso, somos livres de mentir, aqui na fortaleza.

— Antes de falar sobre a morte do director eu quero saber se foi você que, ontem, mexeu no meu saco!

Terceiro capítulo

A CONFISSÃO DE NAVAIA

Quem, eu? Mexer-lhe nas suas coisas? O senhor pode inquirir em todos: não mexi nem toquei na sua mala. Alguém fez. Não eu, Navaia Caetano. Não vou dizer quem foi. A boca fala mas não aponta. Além disso, o morcego chorou por causa da boca. Mas eu vi esse mexilhento. Sim, vi. Era um vulto abutreando as coisas do senhor. Aquela sombra esvoou e pousou nos meus olhos, pousou em todos os cantos da escuridão. Nem parecia arte de gente. Chiças, até me estremexe a alma só de lembrar.

Mas agora eu pergunto: levaram-lhe coisas? É que os velhos, aqui, são os próprios tiradores. Não é que roubem. Só tiram. Tiram sem chegarem nunca a roubar. Eu explico: nesta fortaleza ninguém é dono de nada. Se não há proprietário não há roubo. Não é assim? Aqui o capim é que come a vaca.

Nego o roubo mas confesso o crime. Digo logo, senhor inspector: fui eu que matei Vasto Excelêncio. Já não precisa procurar. Estou aqui, eu. Vou juntar outra verdade, ainda mais parecida com a realidade: esse mulato se matou ele mesmo usando minhas mãos. Ele que se condenou, eu só executei seu desejo matador. O que cumpri, se fiz com alma e corpo, não foi por ódio. Não tenho força para odiar. Eu sou como a minhoca: não encosto desvontades contra ninguém. A minhoca, senhor inspector, assim cega e rasa, quem ela pode odiar?

Lhe explico, com permissão de sua paciência. Chegue-se mais à luz, não receie o fumo. Nem tenha medo de queimar: não há outra maneira de me escutar. Minha voz se está enfraquecendo, mais débil ficando à medida que eu desfiar estas confidências. Enquanto ouvir estes relatos você se guarde quieto. O silêncio é que fabrica as janelas por onde o mundo se transparenta. Não escreva, deixe esse caderno no chão. Se comporte como água no vidro. Quem é gota sempre pinga, quem é cacimbo se evapora. Neste asilo, o senhor se aumente de muita orelha. É que nós aqui vivemos muito oralmente.

Tudo começa antes do antigamente. Nós dizemos: ntumbuluku. Parece longe mas é lá que nascem os dias que estão ainda em botão. A morte desse Excelêncio já começou antes dele nascer. Começou comigo, a criança velha.

A maldição pesa sobre mim, Navaia Caetano: sofro a doença da idade antecipada. Sou um menino que envelheceu logo à nascença. Dizem que, por isso, me é proibido contar minha própria história. Quando terminar o relato eu estarei morto. Ou, quem sabe, não? Será mesmo verdadeira esta condenação? Mesmo assim me intento, faço na palavra o esconderijo do tempo. À medida que vou contando me sinto cansado e mais velho. Está a ver estas rugas nos meus braços? São novas, antes de falar consigo eu não as tinha. Mas eu sigo adiante, não encontrando atalho nem alívio. Sou como a dor que não tivesse carne onde sofrer, sou a unha que teima em nascer num pé que foi cortado. Me dê suas paciências, doutor.

Meu tio materno, Taúlo Guiraze, me disse: as demais pessoas contam a história de suas vidas de maneira muito ligeira. Uma criança-velha não. Enquanto os outros envelhecem as palavras, no meu caso quem envelhece sou eu próprio. E me aconselhou:

— *Meu filho, eu lhe conheço uma saída. Caso se um dia você decidisse ser contadeiro...*

— *E qual seria?*

Ele ouvira falar de uma criança-velha nascida em outro tempo, outro lugar. Essa criança se divertia contando a sua história, vendo como os outros se angustiavam na ansiedade de o ver morrer. Findas as muitas histórias, porém, ele permanecia vivo.

— *Não morreu, sabe porquê? Porque mentiu. Histórias dele eram inventadas.*

Meu tio me convidava a mentir? Só ele podia saber. O que vou contar agora, com risco de meu próprio fim, são pedaços soltos de minha vida. Tudo para explicar o sucedido no asilo. Eu sei, estou enchendo de saliva sua escrita. Mas, no fim, o senhor vai entender isto que estou para aqui garganteando.

Minha mãe, abro falas nela. Nunca eu vi mulher tão demasiado parideira. Quantas vezes ela saltou a lua? Lhe nasciam muitos filho. Digo bem: filho, não filhos. Pois ela dava à luz sempre o mesmo ser. Quando ela paria um novo menino, desaparecia o anterior filho. Mas todos esses que se sucediam eram idênticos, gotas rivalizando a mesma água. A gente da aldeia suspeitava de castigo, uma desobediência às leis dos antigos. Qual a razão desse castigo? Ninguém falava, mas a origem do mal todos conheciam: meu pai visitava muito o corpo de minha mãe. Ele não tinha paciências para esperar durante o tempo que minha mãe aleitava. É ordem da tradição: o corpo da mulher fica intocável nos primeiros leites. Meu velho desobedecia. Ele mesmo anunciou como superar o impedimento. Levaria para os namoros um cordão abençoado. Quando se preparasse para trebeliscar a esposa ele amarraria um nó na cintura da criança. O namoro poderia então acontecer sem consequências.

Resolvia-se, na aparência, o adoentado destino de minha mãe. Digo bem, na aparência. Porque começou aí minha desgraça. Agora sei: nasci de um desses nós mal atados na cintura de um falecido irmão.

Calma, inspector, estou chegando a mim. Não se lembra como falei? Nasci em corpito frágil, sempre dispensado da sede. Minha estreia parecia ter sido abençoada: foram lançadas as seis sementes de hacata. Os caroços tombaram de modo certeiro, alinhados pelos bons espíritos.

— *Esta criança há-de ser mais antiga que a vida.*

Meu avô me levantou em bênção e me deixou suspenso em seus braços. Ficou sem falar como se pesasse a minha alma. Quem sabe o que ele procurava? Entre os mil bichos, só o homem é um escutador de silêncios. Meu avô me voltou a ajeitar no seu peito, todo ele posto em riso. Mas a felicidade dele se enganava. Sobre mim recaía a maldição. Fui sabendo dessa maldição nas primeiras vezes que chorei. Enquanto lacrimejava eu ia desaparecendo. As lágrimas lavavam a minha matéria, me dissolviam a substância. Mas não era apenas aquele o sinal da minha condição. Antes, eu já havia nascido sem parto. Ao sair do corpo não dei nenhuma sofrência para minha mãe, desprovido de substância. Escorreguei ventre abaixo, me drenei pela carne materna mais líquido que o próprio sangue.

Minha mãe logo pressentiu que eu era um enviado dos céus. Chamou meu pai que baixou os olhos em nenhuma direcção. Um homem está interdito de enfrentar o filho antes que lhe caia o cordão umbilical. Meu velho mandou chamar o chirema. O adivinho me cheirou os espíritos, espirrou, tossiu e, depois, vaticinou:

— *Este menino não pode sofrer nenhuma tristeza. Qualquer tristeza, mesmo que mínima, lhe será muito mortal.*

O velho acenou fingindo perceber. Fica mal um homem perguntar explicação de prosa alheia. Minha mãe é que confessou não ter entendimento:

— *O que lhe digo, mamã, é que, se chorar, esta criança pode nunca mais reaparecer.*

— *Basta uma lágrima?*

— *Menos de uma. Basta um pedaço de lágrima.*

As lágrimas me confirmavam criança, negando meu corpo envelhecido. O chirema voltou a ser atacado por convulsões. Os espíritos falavam por sua boca mas era como se, antes, atravessassem a minha carne mais profunda. A poderosa voz do adivinho seguia entre rouquidão e canto. Se entornava em frases, ascendia por espasmos. Às vezes, simples fio, sem corpo. Outras, torrente, espantada com sua própria grandeza.

Eu era mais recém que recente mas já escutava com total discernência. O curandeiro me perguntou qualquer coisa em xi-ndau, língua que eu desconhecia e ainda hoje desconheço. Mas alguém, dentro de mim, me ocupou a voz e respondeu nesse estranho idioma. Os ossinhos da adivinhação disseram que me devia ser posto um xi-tsungulo. Rodeou-me o pescoço com esse colar feito de panos. Eu não sabia mas, dentro dos panos, estavam os remédios contra a tristeza. Esse feitiço me haveria de defender contra o tempo.

— *Agora, vai.*

E explicou: aquelas palavras eram chaves que se quebravam dentro das portas depois de as terem aberto. Não serviam duas vezes. Minha mãe guardou silêncio e assim, internada em si mesma, me foi arrastando no caminho de casa.

— *Mãe: qual é a doença que eu sofro?*

Minha mãe me apertou com força. Nunca eu sentiria tal firmeza em sua mão.

— *Não posso falar disso, meu filho.*

Parecia ela estava em véspera de lágrima. Mas não, simplesmente virou o rosto. E se afastou, cabisbaixa. Herdei de minha mãe esse modo de entristecer: só quando não choro eu acredito em minhas lágrimas. Naquele momento, restava meu tio Taúlo para me desvendar os meus padecimentos. O irmão de minha mãe me falou:

— *Você, Caetanito, você não tem nenhuma idade.*

Tinha sido assim: eu nascera, crescera e envelhecera num só dia. A vida da pessoa se estende por anos, demorada como um desembrulho que nunca mais encontra as destinadas mãos. Minha vida, ao contrário, se despendera toda num único dia. De manhã, eu era criança, me arrastando, gatinhoso. De tarde, era homem feito, capaz de acertar no passo e no falar. Pela noite, já minha pele se enrugava, a voz definhava e me magoava a saudade de não ter vivido.

Passou-se o dia primeiro, a minha família chamou os habitantes e pediu que esperassem à volta da nossa casa. O menino que assim nascera certamente trazia novidades, presságios sobre o futuro da terra. Nessa altura, já eu não exibia convidativas aparências: minha pele tinha mais rugas que a tartaruga, os cabelos me tinham crescido e as unhas eram compridas e curvas como um lagarto. Sofria de fomes sucessivas e quando minha pobre mãe me ofereceu o seio mamei com tal sofreguidão que ela quase desfaleceu. Preparava-se a seguinte mamada, meu tio Taúlo levantou o braço e mandou parar o mundo:

— *Nenhuma mulher lhe ofereça o peito!*

Ele estava avisado. Se lembrava de um outro menino-velho: chupou o seio da mãe com tais ganâncias que ela não resistiu e faleceu, mirrada como a cana numa prensa. Vieram as tias, ofereceram o seio: também elas morreram. Sempre de braço em riste, meu tio Taúlo concluía:

— *Ninguém lhe dê de mamar!*

Minha mãe sacudiu uma invisível mosca e se aproximou de mim, deitando-me em seu colo.

— *Não posso deixar o meu filho sofrer de fome*, disse ela.

E puxou o seio para fora da capulana. Os presentes taparam o rosto. Todos recusaram assistir, mesmo meu tio. Foi pena. Assim, ninguém testemunhou como ela morreu.

Foi então que me expulsaram, me excomungando para este asilo. Eu trazia maldição, estava contaminado com um mupfukwa, o espírito dos que morreram por minha culpa. Minha doença foi nascer. Estou pagando com minha própria vida. Outra condenação me atrapalha: quando acabar de contar minha história eu morrerei. Como essas mães que amamentam até se extinguirem. Agora entendo. O parto é uma mentira: nós não nascemos nele. Antes, já estamos nascendo. A gente vai acordando no antecedente tempo, antes mesmo de nascer. É como a planta que, no segredo da terra, já é raiz antes de proclamar seu verde sobre o mundo.

O que é, inspector? Está a ouvir essa coruja? Não receie. Ela é a minha dona, eu pertenço a essa ave. Essa coruja me padrinhou e sustenta. Todas as noites ela me traz restos de comida. Ao senhor lhe faz medo. Entendo-lhe, inspector. O piar da coruja faz eco no oco da nossa alma. A gente se arrepia por vermos confirmados os buracos por onde nos vamos escoando. Antes, eu me assustava também. Agora, essa piagem me requenta as minhas noites. Daí a um apouco vou ver o que, desta vez, ela me trouxe.

Estou me perdendo, o senhor diz. Não, só estou enxotando cacimbos. Quando começar o serviço de duvidar, o senhor vai pensar que quem matou o director foi o velho português, o Domingos Mourão. Não encontrou ainda com ele? Amanhã, vai ver. Depois de falar com esse branco já você vai escolher decisão. Mas tome cuidado, inspector: quem matou Vasto Excelêncio fui eu. É verdade: o português lhe vai presentar razões para deitar morte no mulato. Minhas razões são, no entanto, mais poderosas. Já vai ver. Continuo, vou puxando lembrança.

Quando cheguei ao asilo entendi que esta era minha última e definitiva residência. Fiquei derreado, durante dias e dias nem pus dente em côdea. Padeci tais fomes que só não morri porque a morte não me encontrou, tão magro que estava. Nessa altura, fiz pacto com a coruja e recebi migalhas das suas réstias. Depois, muito depois, uma notícia me trouxe esperança.

Nessa altura chegou ao asilo uma velha chamada de Nãozinha. Logo correram os ditos: ela era uma feiticeira. Uma ideia me luzinhou: se calhar ela me podia ajudar a voltar à minha verdadeira idade! Falei com essa Nãozinha. A feiticeira primeiro negou-se. Ela dizia não ter poderes. Minha esperança se desfez.

Um dia, porém, ela mudou de ideias, sem explicação. Chamou-me para me dizer que iria aprontar uma cerimónia para agarrar o mupfukwa, esse mau espírito que me perseguia. Era preciso um animal, carecia-se de fazer descer o sangue à terra. Mas animal, ali, onde eu iria desencantar? Falei com a coruja e lhe encomendei peça viva. Nessa noite, me coube uma garça em estado moribundo. Despescoçámos a garça. Contudo, o sangue da ave era tão leve que não tombou no soalho. Foi preciso apanhá-lo junto do pescoço. A cerimónia estava pronta a ter início. Nãozinha falou claro: o espírito de minha mãe que exigia satisfação.

— *O que ela quer?*, perguntei.

Minha velhota falou por voz do nyanga: a paz só me visitaria se, em troca partida, eu lhe concedesse paz a ela. Eu que desse total andamento à minha infância. De dia me ocupasse de brincar, redondeando alegrias pela velha fortaleza. Fosse totalmente menino, para que ela escutasse minhas folias. E se consolasse em estado de mãe.

Desde então, meus gritos e risos se acenderam nos corredores do asilo. Era eu menino a tempo quase inteiro. De dia, meu lado criança governava meu corpo. De noite, me pesava a velhice. Deitado no meu leito, chamava os outros velhos para lhes contar um pedaço de minha história. Meus companheiros conheciam o perigo mortal daqueles relatos. No final de um trecho, eu podia ser abocanhado pela morte. Mesmo assim me pediam que prosseguisse minhas narrações. Desfiava prosa e mais prosa e eles se cansavam:

— *Porra, este gajo não morre nunca...*

— *Acabam as histórias, acabamos nós e ele ainda há-de sobresistir...*

— *Com certeza, ele inventa. Anda-se a esquivar da verdade.*

Era verdade que inventava. Mas nem sempre, nem tudo. Certa noite, depois de muita palavreação me senti esgotar. Pensei: agora é que estou pisando o fim!

Passaram diante de mim estrelas que em nenhuma noite foram vistas. Por minha boca já não transitavam palavras. Será que eu tinha morrido?

Não, meu peito ainda se movia. E o mais estranho: enquanto roçava a derradeira fronteira meu corpo se desenrugava, eu perdia a aparência da velhice. A vida me expirava o prazo e eu desabrochava em aspecto de renascer?

Os velhos se entreolhavam: desta vez eu teria contado a verdade? Senti que alguns deles choravam. Primeiro, ansiavam ver o espectáculo de uma morte. Agora, se arrependiam. Porque esse que em mim morria não era, afinal, parecido com eles. Era uma criança, um ser totalmente em infância. Esse menino não podia morrer. Lhes doía uma súbita saudade das minhas criançuras. Eu era a única luz que entrava nos escuros corredores. Meu arco quem o brincaria, agora? Aquela roda de bicicleta que antes barulhava pelos corredores, quem lhe iria agora dar voltas e tonturas?

Me vendo morrer eles se decidiram. Havia que acontecer urgente e autenticada cerimónia. Havia que reclamar a salvação desse menino, eu, Navaia Caetano. E se prepararam: tambores, capulanas, panos escondidos. Tudo para sossegar o muzimo que me tinha ocupado.

— *Afinal, tínhamos as tantas coisas, nós?*

Sim, até tambores se inventaram. Se improvisaram panelas, tubos da canalização. De tudo, enfim, a tristeza tem artes de fazer música. Na noite anterior tinham preparado o tontonto. Roubaram produtos na despensa do asilo. Durante horas festejaram, bebendo, excedendo as bocas. De quando em quando, me espreitavam no leito: eu ainda resistia. E, de novo, dançavam, cantavam. Mesmo o velho branco era atiçado a dançar. A feiticeira colocou as duas mãos sobre o rosto do português e lhe disse:

— *Quero saber que língua fala o teu demónio.*
Assim falou Nãozinha, ordenando às gentes que continuassem dançando. Depois, de mão em mão, transitaram ervas fumáveis e os perfumes se espalharam como tonturas.
— *Vejo o mar* — disse o branco.
Não admirava: o português sempre via o mar, só via o mar. A feiticeira então baralhou os braços nos gestos, entrando em transe. Parecia o corpo lhe saía fora da alma. Por sua fala começou a caminhar uma outra voz, vinda das profundidades. Mandei os outros se calarem:
— *Deixem ouvir!*
— *O espírito fala português.*
— *Isso é português? Nem se entende...*
Era língua portuguesa mas de antigamente. O espírito era o de um soldado branco que morrera no pátio desta fortaleza. Esse português, disse a feiticeira, esperava um barco, olhando o mar.
— *É como você, Domingos, sempre a olhar o mar.*
— *Mas eu não espero nenhum barco...*
— *Isso pensa você, velho.*
— *Calem-se vocês, deixem ouvir o espírito.*
— *Sim, queremos saber quem é esse soldado.*
O soldado tinha adoecido, quase ficara louco. De tanto olhar o mar seus olhos mudaram de cor. A última coisa que ele viu foi a chegada do temporal, a branca viuvez da garça. Depois, os olhos lhe desapareceram. Ficaram só duas cavidades, grutas por onde ninguém ousava espreitar. Ele morreu sem enterro, sem despedida...
De súbito, surgiu o estrondo. Parecia a guerra tinha retornado. Parámos a dança e olhámos Nãozinha, cheios de inquietação. Ela nos sossegou: apenas eram nuvens entrechocando. Olhei o céu mas não havia vestígio de nuvem. No fundo estreloso da

noite não vislumbrei senão a fugidia passagem de uma ave rapineira. Atravessava, soberana, a claridade da noite. Seria a coruja? E, afinal, onde se raspavam tais nuvens? Deflagrou um segundo estrondo, desta vez bem terrestre. Olhei: afinal, era o director pontapeando o bidão de tontonto. A bebida se vazou pelo chão, desperdiçada. Nem os antepassados careciam de tanto beber.

— *Que merda é esta? Que se passa aqui?*

Nossa cerimónia era bruscamente interrompida por Vasto Excelêncio. O director abusou de boca, sujou-nos o nome.

— *Eu não disse que estão proibidas estas macacadas no asilo?*

Os outros velhos explicaram: aquela cerimónia era para me salvar a mim. O mulato me olhou, espantado. Se aproximou do meu leito como se se quisesse certificar da minha identidade. Quando seus olhos se fixaram nos meus foi como se um golpe o derrubasse. Sacudiu a cabeça, esfregou as pálpebras a esborratar a visão. Depois, virou-me as costas e proclamou:

— *Ou me arrumam já esta merda ou pego fogo a tudo, bebidas, velhos, crianças, tudo.*

E saiu. Os velhos se olharam, mais vazios que o tontonto. Nãozinha se levantou e chegou-se ao meu leito. Ergueu o lençol e começou a esfregar-me as pernas com óleos. *As forças lhe vão chegar*, disse. Eu senti um calor me corroendo os ossos interiores. Passado um tempo, a feiticeira me encorajou a sair da cama:

— *Vai você, Navaia. Faz o que tem a fazer-se...*

Sem esforço, me levantei. Havia como que uma mão invisível me empurrando. E as vozes me incitavam:

— *Você é que é criança, tem forças de meninice.*

— *Sim, Navaia, vai lá matar esse filho de uma quinhenta...*

Fechei os olhos. Afinal, tinha sido para matar que a morte disputara meu corpo? Desencrispei as mãos. Apoiado pelos velhos fui sendo arrastado para a porta. Sobre mim tombou o luar. Só então notei um punhal brilhando, justiceiro, em minha mão direita.

Quarto capítulo

SEGUNDO DIA NOS VIVENTES

Na segunda manhã, eu esperava que Izidine reacordasse. Aquele seria o seu segundo despertar naquela manhã. Já antes Marta o tinha feito saltar da cama. Trazia uma chávena de chá. O polícia bebeu-a de um trago, olhos embrulhados de sono. Entre ratos, baratas e pesadelos sobrava-lhe pouca cabeça. Marta riu-se de o ver assim e saiu para que ele repousasse um pouco mais. Logo a seguir, o polícia voltara a adormecer. Como tinha dormido mal naquela noite! Suspeitava de minha presença dentro dele? É muito de duvidar: sou menos que a névoa na teia de aranha.

Izidine voltou a acordar umas horas depois. Antes de sair ficou a olhar a roupa desarrumada sobre uma velha mesa. Será que a deixara assim tão espalhada? De repente, junto ao chapéu, viu a mesma casca que deitara fora na noite anterior. Levantou-se e recolheu-a. Guardou-a num dos bolsos do casaco. Depois, deu andamento a um plano que traçara previamente: descer à praia para calcorrear as grandes rochas, mesmo junto à rebentação. Tinha sido ali que encontraram o corpo.

A maré estava vazia e deixava a descoberto grandes porções de areia e rocha. Escutavam-se as gaivotas, suas tristes estridências. Não tardaria a ouvirem-se os chori--choris, esses passaritos que chamam pela maré cheia. O mar enche e vaza sob mando de aves. Ainda há pouco eram os tchó-tchó-tchós que ordenavam que as águas descessem. Engraçado como um ser gigante como o oceano presta obediências a tão ínfimas avezitas.

Existira, em tempos, um ancoradouro junto ao recife rochoso. Eu mesmo, Ermelindo Mucanga, carpintei-rara nessa plataforma. A morte me interrompeu o serviço. A Independência parou o resto da obra. Depois, o mar se vingara naquele porto inacabado. Restavam pedras avulso. E troncos que teimavam ondear por ali.

Izidine ficou sentado na areia molhada. O barulho das ondas o ajudava a pensar. Parecia evidente que o crime tinha sido cometido por mais de uma pessoa. Eram necessários vários braços para transportar o corpo de um homem como Excelêncio. Ou, quem sabe, o crime poderia ter sido cometido ali mesmo, junto às rochas?

Olhou para a barreira e viu Marta. Ela o espreitava, seguindo-lhe as andanças. A enfermeira procedia como se suspeitasse de ocultas intenções. Naquela manhã, depois de entregar o chá, ela recusara acompanhar o polícia:

— Não quero atrapalhar. Já bem basta você mesmo para se atrapalhar...

— Desculpe, não entendi...

Marta se calou, arrependida. Rodou sobre si mesma, adiando a pedida explicação. Por fim, acedeu a falar, fingindo limpar uma poeira na camisa do inspector.

— *O que se encontra nesta vida não resulta de procurarmos.*

No aviso dela, o polícia deveria simplesmente sentar-se e ficar quieto. Aquele não era o seu mundo, ele que respeitasse. Deixasse tudo quieto, mesmo silêncios e ausências. Izidine se atestava de dúvida. Na noite anterior, o velho-menino já o tinha poeirado o suficiente. Navaia Caetano lhe pedira que escutasse o mar. Porque, para além do marulhar, lhe haveriam de chegar gritos humanos.

— *Gritos?*— perguntou Izidine. — *Gritos de quem?*
— *Dos falecidos* — respondera Caetano.

E não mais disse. O polícia se intrigava. Porque, agora, Marta Gimo lhe solicitava quase o inverso.

— *Ontem me pediram para ouvir. Você me pede o contrário.*
— *Pediram para ouvir o quê?*

Repetiu o enigmático conselho de Navaia. O que queria ele dizer? Bem que Marta o poderia ajudar nesse esclarecimento. Mas ela sorriu, negando com a cabeça. A enfermeira se fazia de cara. Izidine voltou a pedir-lhe. Por fim, ela acedeu. O que o velho dissera foi que, sob o ruído da rebentação, se escondiam vozes de naufragados, pescadores afogados e mulheres suicidadas. De entre esses lamentos lhe haveriam de chegar os gritos do próprio Vasto Excelêncio. O polícia sorriu, desdenhoso. Marta lhe corrigiu o cepticismo:

— *Está a ver a sua arrogância? Pois fique sabendo que, todas as manhãs, o morto grita o nome do assassino.*
— *Não posso crer.*
— *Todas as manhãs o morto clama juras de vingança.*

Agora, sentado junto à rebentação das ondas, o inspector lembrava as palavras da enfermeira. E sorria. Quem sabe Marta tinha razão? Ele estudara na Europa, regressara a Moçambique anos depois da Independência. Esse afastamento limitava o seu conhecimento da cultura, das línguas, das pequenas coisas que figuram a alma de um povo. Em Moçambique ele ingressara logo em trabalho de gabinete. O seu quotidiano reduzia-se a uma pequena porção de Maputo. Pouco mais que isso. No campo, não passava de um estranho.

Levantou-se e sacudiu a areia. Havia uma certa raiva no seu gesto, como se quisesse sacudir não os grãos mas as suas próprias lembranças. Caminhou sobre as rochas. Até que encontrou uma espingarda. Nem sequer estava escondida. Parecia ter sido arrastada pelas ondas. Procurou nas cercanias. Havia restos de paus. Como se fossem pedaços de uma jangada. Uma embarcação ali? Se todos lhe tinham certificado que aquelas águas eram inavegáveis!? Lembrou as palavras do velho Navaia:

— *O mar aqui carrega mais traição que ondas.*

Na noite anterior, Navaia lhe contara uma história. Se passara, em tempos, quando um velho tentara fugir por mar. Improvisara uma jangada e se fizera à água. Mas as rochas e o mar, como que por magia, trocaram aparências. Aquilo que o fugitivo acreditava serem ondas, de repente, se solidificavam, empedernidas. E os penedos se dissolviam, liquefeitos. A embarcação se desmantelou. Sem desfecho ficou o velho que sonhara evadir-se.

Navaia tirava estória de sua imaginação? Houvesse ou não uma inventada história, o certo é que aquele mar não dava conselho para viagem. A história da jangada era, afinal, verdadeira? Seria aquele um resto material dessa frustrada fuga? A suspeita enrugou a testa do inspector: alguma coisa lhe escondiam. Distraído, nem notou que a noite estava já caindo. Rapidou-se pelo caminho de regresso. Aquela noite, tinha marcado encontro com o velho português, Domingos Mourão. Esperou-o no pátio mas o outro se demorou. O polícia se sentou na amurada do forte sentindo, ao fundo,

o rumor do oceano. De repente, acreditou ouvir reais vozes junto à praia.
— *Esse barulho não são pessoas.*
Era Marta que se chegava perto, vinda do escuro, embrulhada em capulana. Se aproximou, parando junto dele. Ficaram como sentinelas silenciosas, junto à fortaleza.
— *Será o mar que faz esse ruído?*
— *O mar também não é. Esse barulho é a própria noite. Você, lá de onde vem, há muito que deixou de ouvir a noite.*
Depois ela se sentou, cobrindo as pernas com a capulana. Começou, então, a entoar em surdina uma antiga canção de embalar. Izidine foi levado para longe, para fora do acontecível.
— *Minha mãe me cantava essa mesma melodia.*
Mas Marta já não estava ali. Ela se retirara, sombra vadia. O polícia ficou ainda um tempo, tentando decifrar os sons que chegavam da rebentação. Os olhos lhe começaram a pesar e acabou vencido pelo sono. Despertou, minutos depois. Uma mão lhe chamava à realidade. Era o velho português:
— *Venha ver o mar daqui de cima!*
Domingos Mourão se aprontava num banco de pedra, junto à árvore do frangipani. E assim, olhos postos no horizonte, lhe perguntou:
— *O senhor me perdoe a indelicadeza. Será que nasceu perto do mar?*
Izidine negou. O português disse que ouvira falar de uma terra longínqua em que os velhos se sentavam, de noite, ao longo da praia. Ficavam assim em silêncio. O mar vinha e escolhia quem ia levar.
— *Quem sabe se, esta noite, sou eu o escolhido?*
E o velho português fechou os olhos, se internando num silêncio demorado. Depois, falou.

Quinto capítulo

A CONFISSÃO DO VELHO PORTUGUÊS

— *Como o mar se dá bem neste lugar!*
Falei assim, naquela tarde. Falava com ninguém? Não, conversava com as ondas lá em baixo. Sou português, Domingos Mourão, nome de nascença. Aqui me chamam Xidimingo. Ganhei afecto desse rebaptismo: um nome assim evita canseira de me lembrar de mim. O senhor inspector me pede agora lembranças de curto alcance. Se quer saber, lhe conto. Tudo sempre se passou aqui, nesta varanda, por baixo desta árvore, a árvore do frangipani.

Minha vida se embebeu do perfume de suas flores brancas, de coração amarelo. Agora não cheira a nada, agora não é tempo das flores. O senhor é negro, inspector. Não pode entender como sempre amei essas árvores. É que aqui, na vossa terra, não há outras árvores que fiquem sem folhas. Só esta fica despida, faz conta está para chegar um Inverno. Quando vim para África, deixei de sentir o Outono. Era como se o tempo não andasse, como se fosse sempre a mesma estação. Só o frangipani me devolvia esse sentimento do passar do tempo. Não que eu hoje precise de sentir nenhuma passagem dos dias. Mas o perfume desta varanda me cura nostalgias dos tempos que vivi em Moçambique. E que tempos foram esses!

Quando veio a Independência, faz agora vinte anos, a minha mulher se retirou. Voltou para Portugal. E levou-me o miúdo que já estava em idade de tropear. Na despedida, minha esposa ainda me ralhou assim:

— *Você fica e eu nunca mais lhe quero ver.*

Me sentia como se tivesse entrado num pântano. Minha vontade estava pegajosa, minhas querências estavam atoladas no matope. Sim, eu podia partir de Moçambique. Mas nunca poderia partir para uma nova vida. Sou o quê, uma réstia de nenhuma coisa?

Lhe conto uma história. Me contaram, é coisa antiga, dos tempos de Vasco da Gama. Dizem que havia, nesse tempo, um velho preto que andava pelas praias a apanhar destroços de navios. Recolhia restos de naufrágios e os enterrava. Acontece que uma dessas tábuas que ele espetou no chão ganhou raízes e reviveu em árvore.

Pois, senhor inspector, eu sou essa árvore. Venho de uma tábua de outro mundo mas o meu chão é este, minhas raízes renasceram aqui. São estes pretos que todos os dias me semeiam. Converso-lhe, lengalengo-lhe? Vou chegando perto, como o besouro que dá duas voltas antes de entrar no buraco. Desculpe-me este meu português, já nem sei que língua falo, tenho a gramática toda suja, da cor desta terra. Não é só o falar que é já outro. É o pensar, inspector. Até o velho Nhonhoso se entristece do modo como eu me desaportuguesei. Me lembro de, um dia, ele me ter dito:

— *Você, Xidimingo, pertence a Moçambique, este país lhe pertence. Isso nem é duvidável. Mas não lhe traz um arrepio ser enterrado aqui?*

— *Aqui, onde?*, perguntei.

— *Num cemitério daqui, de Moçambique?*
Eu encolhi os ombros. Nem cemitério eu não teria, ali no asilo. Mas Nhonhoso insistiu:
— *É que os seus espíritos não pertencem a este lugar. Enterrado aqui, você será um morto sem sossego.*
Enterrado ou vivo, a verdade é que não tenho sossego. O senhor vai ouvir muita coisa aqui sobre este velho português. Hão-de-lhe dizer que fiz e aconteci. Que até incendiei os campos, que se estendem desde lá atrás. Até que é verdade: sim, eu lancei fogo naqueles matos. Mas foi por motivo meu, a mando só meu. Sempre que olhava as traseiras da fortaleza eu via a savana a perder as vistas. Perante toda aquela devastidão me chegavam instintos de fogo e cinza.

Hoje eu sei: África rouba-nos o ser. E nos vaza de maneira inversa: enchendo-nos de alma. Por isso, ainda hoje me apetece lançar fogo nesses campos. Para que eles percam a eternidade. Para que saiam de mim. É que estou tão desterrado, tão exilado que já nem me sinto longe de nada, nem afastado de ninguém. Me entreguei a este país como quem se converte a uma religião. Agora já não me apetece mais nada senão ser uma pedra deste chão. Mas não uma qualquer, dessas que nunca ninguém há-de pisar. Eu quero ser uma pedra à beira dos caminhos.

Volto à minha história, não se preocupe. Estava onde? Na despedida de minha antiga esposa. Sim. Depois dela partir, vieram os distúrbios, a confusão. Digo-lhe com tristeza: o Moçambique que amei está morrendo. Nunca mais voltará. Resta-me só este espaçozito em que me sombreio de mar. Minha nação é uma varanda.

Nesta pequena pátria me venho espraiando todos estes anos, feito um estuário: vou fluindo, ensonado, meandrando sem atrito. Na sombra, me reiquintei, encostado àquele murmurinho como se fosse meu embalo de nascença. Apenas as cansadas pernas, certas vezes, me inconvinham. Mas os olhos andorinhavam o horizonte, compensando as dores da idade.

Você sabe, caro inspector, em Portugal há muito mar mas não há tanto oceano. E eu amo tanto o mar que até me dá gosto ficar enjoado. Que faço? Emborco dessas bebidas deles, tradicionais, e me deixo zululuar. Assim, na tontura, eu ganho a ilusão de estar em pleno mar, vagueando sobre um barco. A mesma razão me prende ali, na varanda do frangipani: me abasteço de infinito, me vou embriaguando. Sim, eu sei o perigo disso: quem confunde céu e água acaba por não distinguir vida e morte.

Falo muito do mar? Me deixe explicar, senhor inspector: eu sou como o salmão. Vivo no mar mas estou sempre de regresso ao lugar da minha origem, vencendo a corrente, saltando cascata. Retorno ao rio onde nasci para deixar o meu sémen e depois morrer. Todavia, eu sou peixe que perdeu a memória. À medida que subo o rio vou inventando uma outra nascente para mim. É então que morro com saudade do mar. Como se o mar fosse o ventre, o único ventre que me ainda faz nascer.

Demasio-me nesta palavreação. Lhe peço desculpa, já perdi hábitos de conviver com pessoas que têm urgências e serviços. É que aqui não existe ninguém que tenha função que seja. Fazer o quê? Digo com meu amigo Nhonhoso: ainda é cedo para fazermos alguma coisa; estamos à espera que seja demasiado tarde. Em todo este asilo sempre fui o único branco. Os restantes são velhos moçambicanos. Todos negros. Eu e eles só temos serviço de esperar. O quê? O senhor devia era se juntar a nós nestes vagares. Não se preocupe, deixe o relógio sossegado. A partir de agora vou mais a direito: recomeço onde fiquei, nesta mesma varanda onde estamos agora.

Pois, aconteceu numa certa tarde, em que aquele tanto azul me parecia derradeiro: a última gaivota, a última nuvem, o último suspiro.

— *Agora, sim: agora só me resta morrer.*

Pensava assim porque, neste lugar, a gente definha, morrendo tão lentamente que nem damos conta. A velhice o que é senão a morte estagiando em nosso corpo? Sob o perfume doce da frangipaneira, invejava o mar que, sendo infinito, espera ainda em outra água se completar. Eu desfiava aquela conversa sozinho. Quando se é velho toda a hora é de conversa. Em voz alta, pedia licença a Deus para, naquele dia, me retirar da vida:

— *Deus: eu quero morrer hoje!*

Ainda me arrepiam aquelas exactas palavras. É que me sentia em sossegada felicidade, nenhuma dor me atrapalhava. Me faltava, no entanto, competência para morrer. Meu peito obedecia à vaivência das ondas, como se tivesse lembranças de um tempo que só existe fora do tempo, lá onde o vento desenrosca a sua imensa cauda. Sorte têm estes meus amigos que acreditam que todo o dia é o terceiro, apto a ressuscitações.

Mas eu requeria morrer naquela tarde que não passava nuvem e o céu estava indeferido para gaivotas. Não era só o mar que me trazia esse desejo de me infindar. Eram as flores do frangipani. Como se me tivesse parenteado com a terra. Como se quem florescesse fosse eu mesmo.

— *É verdade, a morte não haveria de me doer hoje.*

— *Vê lá que eu ainda te faço a vontade.*

Eram palavras que não saíam de mim. Nem notei a chegada de Vasto Excelêncio, esse filho da maior puta. Excelêncio era um mulato, alto e constituído, sempre bem envergado. O tipo riu-se, ombros hasteados:

— *Queres mesmo morrer, velho? Ou não será que já morreste e, simplesmente, não foste informado?*

Aquilo me arranhou, fossem palavras proferidas por garganta de bicho. O mulato prosseguiu, sempre me abestinhando:

— *Não tenha medo, velho rezingão. Amanhã já vou daqui embora.*

Fiquei surpreso, inesparado: o sacana nos deixava, assim? E de que maneira ele se retirava?

— *Não acredita?*

Sacudi a cabeça, em negação. Vasto rondou o tronco do frangipani como o toureiro estuda o pescoço do touro. Se apurava em me magoar:

— *E sabe que mais, velho? Vou levar comigo a minha mulher. Heim, vou carregar Ernestina. Está ouvir, velho? Não diz nada?*

— *Que nada?*

— *Sem Ernestina quem é que você vai espreitar? Heim? Como será, velho?*

Eu me prescindi. Vasto me convidava para raivas e disputas. Eu só podia me escusar. Até que ele se levantou e me puxou com força pelos pulsos.

— *Quer saber por que sempre lhe tratei mal, Mourão? A você que é um anjo caído dos lusitanos céus?*

Fingi pegar o céu com os olhos, apenas para evitar as fuças dele. Recordei os tantos castigos recebidos nesses anos. O director assentou os dois pés em cima do meu tornozelo.

— *Dói? Como pode ser? Os anjos não têm pés!*

Assim, pisando-me onde o corpo mais me doía, o mulato me calcava acima de tudo a alma.

— *Está fingir de pedra? Pois, então: a pedra não é coisa de se pisar?*

Aguentei, impestanejável. Os bafos do satanhoco

me salpingavam. Um desfile de insultos se estribilhou da boca dele. Me segurou as orelhas e me cuspiu na cara. Foi saindo de cima de mim e se afastou. Então, dei azo a antigas fúrias: peguei numa pedra e apontei à cabeça do sacana. Uma inesperada mão me travou o gesto.
— *Não faça isso, Xidimingo.*
Era Ernestina, a mulher de Excelêncio. Me puxou para o assento de pedra. Suas mãos me desenharam as costas.
— *Sente aqui.*
Obedeci. Ernestina me passou os dedos pelos cabelos. Aspirei o ar em volta: nenhum cheiro me chegou. Era eu que inventava os perfumes dela?
— *Você não entende as maldades dele, não é?*
— *Não.*
— *É que você é branco. Ele precisa de o maltratar.*
— *E porquê?*
— *Tem medo que o acusem de racismo.*
Eu, sinceramente, não entendi. Todavia, estando assim junto dela, eu não requeria nenhum entendimento. Única coisa que fiz foi levantar-me e colher umas tantas flores. Frágeis, as pétalas soltaram-se logo no gesto da oferta. Ernestina levou as mãos ao rosto.
— *Meu Deus, como eu gosto deste perfume.*
Alisei compostura em meu fato de domingo. Eu já não fazia ideia nenhuma sobre os dias e as semanas. Para mim todos os dias tinham sabor de domingo. Talvez eu quisesse apressar o tempo que me restava. Ernestina me perguntou:
— *O senhor não sente saudade?*
— *Eu?*
— *Quando está assim, olhando o mar, não sente saudade?*
Abanei a cabeça. Saudade? De quem? Ao contrário,

me sabe bem, esta solidão. Juro, inspector. Me sabe bem estar longe de todos os meus. Não sentir suas queixas, suas doenças. Não ver como envelhecem. E, mais que tudo, não ver morrer nenhum dos meus. Eu aqui estou longe da morte. É esse um pequenito gosto que me resta. A vantagem de estar longe, nesta distância toda, é não ter nenhuma família. Parentes e antigos amigos estão lá, depois desse mar todo. Os que morrem desaparecem tão longe, é como se fossem estrelas que tombam. Caem sem nenhum ruído, sem se saber onde nem quando.

Me leve a sério, inspector: o senhor nunca há-de descobrir a verdade desse morto. Primeiro, esses meus amigos, pretos, nunca lhe vão contar realidades. Para eles o senhor é um mezungo, um branco como eu. E eles aprenderam, desde há séculos, a não se abrirem perante mezungos. Eles foram ensinados assim: se abrirem seu peito perante um branco eles acabam sem alma, roubados no mais íntimo. Eu sei o que vai dizer. Você é preto, como eles. Mas lhes pergunte a eles o que vêem em si. Para eles você é um branco, um de fora, um que não merece as confianças. Ser branco não é assunto que venha da raça. O senhor sabe, não é verdade? Depois, há ainda mais. É o próprio regime da vida. Eu já não acredito na vida, inspector. As coisas só fingem acontecer. Excelêncio morreu? Ou simplesmente mutou-se, deixou de se ver?

Termino, inspector. Assassinei o director do asilo. Foi por ciúmes? Não sei. Acho que nunca sabemos o motivo quando matamos por paixão. Agora, já no esfriado do tempo encontro explicação: nessa tarde, ao me despedir de Ernestina, reparei que ela evitava ser olhada de ambos os lados. Percebi, por fim. O seu rosto estava marcado, tingido de ter sido sovado.

— *Vasto lhe bateu outra vez?*

Ela desviou o rosto. Sua mão me alicateou o braço, recomendando-me sossego. *Deixe, não é nada*, disse. E saiu, cabeça na sombra dos ombros. Aquela mulher que eu tanto queria não era uma simples pessoa. Ela era todas as mulheres, todos os homens que foram derrotados pela vida. Tudo então me apareceu simples: Vasto deveria desaparecer, eu o devia matar o mais breve possível. Simplesmente, esperei pela noite. Nessa hora, ele sempre passava por um corredor estreito, sem tecto, que liga o quarto dele à cozinha. Lhe montei a armadilha lá em cima. Fiz subir uma grande pedra e a deixei, no alto, preparada para cair sobre Vasto Excelêncio.

E agora me deixe só, inspector. Me custa chamar lembranças. Porque a memória me chega rasgada, em pedaços desencontrados. Eu quero a paz de pertencer a um só lugar, eu quero a tranquilidade de não dividir memórias. Ser todo de uma vida. E assim ter a certeza que morro de uma só única vez. Custa-me ir cumprindo tantas pequenas mortes, essas que apenas nós notamos, na íntima obscuridade de nós. Me deixe, inspector, que eu acabei de morrer um bocadinho.

Sexto capítulo

TERCEIRO DIA NOS VIVENTES

Era o meu terceiro dia na fortaleza. Izidine se afundava em hesitação. Os depoimentos dos velhos o lançavam por pistas que pareciam falsas mas que ele não podia ignorar. Aqueles idosos eram testemunhas essenciais mas era de Marta Gimo que devia obter as suculentas informações. A enfermeira, contudo, resistia com subtileza. Escusava-se a marcar encontros. Dizia ter que trabalhar. Mas, pelos vistos, não se ocupava nos afazeres de enfermagem. Passava horas brincando com a velharia, rindo e cavaqueando. Falava diversas línguas e o polícia não fazia ideia do que eles diziam. De uma coisa tinha a certeza: era dele que Marta e os velhos riam e faziam abuso.

Naquela tarde, o polícia se aproximou de Marta. Ela estava sentada junto de Navaia. Desta vez, parecia que ela exercia, de facto, a sua profissão.

— *Sente-se. Estou tratando de Navaia.*

O velho-criança arregaçara as calças exibindo suas pernas magras. Marta explicou que tinha havido casos de lepra no asilo. Ela agora certificava se não havia reincidência. Navaia Caetano comentava sobre a magreza das suas pernas.

— *É o tempo, dona enfermeira. O tempo é um fumo, nos vai secando as carnes.*

Marta Gimo sorriu, paciente. Chegou-se mais para junto do velho e descobriu-lhe as costas para lhe procurar algum sinal de doença. Navaia não parecia estar à vontade:

— *Não me cheire, enfermeira.*

— *E porquê não?*

— *É que, de mim, está sair um cheiro de vela apagada, um bafo de coisa morta.*

Com uma das mãos fez parar a enfermeira para ele próprio revistar as pernas. Agarrou qualquer coisa e espremeu-a entre os dedos:

— *Está a ver essa pulga, enfermeira?*

— *Não vejo nada.*

— *Essa pulga não é minha. Não é minha, eu conheço as minhas pulgas.*

A enfermeira sorriu e ordenou que endireitasse as calças.

— *Você anda a comer o quê, Navaia?*

— *Migalhices dessas que me deixam por aí.*

— *Não me venha com essa história da coruja, Navaia. Essa história é para contar aqui ao inspector, não a mim.*

Depois, Marta lhe deu uma palmada nas costas.

— *Pronto, vai lá, agora preciso falar com o inspector.*

Navaia se retirou com lentidão: a curiosidade o prendia àquele lugar. Voltou atrás ainda duas vezes fingindo que procurava seu arco. Finalmente, quando ficaram a sós Marta estendeu a mão ao polícia:

— *Antes que me esqueça! Me pediram para lhe entregar isto.*

Deitou um pequeno objecto na palma da mão

direita. Era uma escama, bem igual àquelas que apareceram no quarto.

— Quem lhe deu isto, enfermeira?
— Já me esqueci, inspector.

Falava com um sorriso irónico. Soletrava a palavra "inspector" como se de um insulto se tratasse. Izidine fingiu ignorar o tom sarcástico. E foi directo ao assunto:

— Encontrei uma espingarda, ontem, junto às rochas.

— Uma espingarda? Isso não é possível. O senhor deve-se ter enganado...

O inspector desatinou-se. E gritou com a enfermeira: que ela não tinha nenhuma vontade de ajudar. Que ela escondia qualquer coisa. E que isso era punível por lei.

— Escute, senhor inspector: o crime que está sendo cometido aqui não é esse que o senhor anda à procura.

— O que quer dizer com isso?

— Olhe para estes velhos, inspector. Eles todos estão morrendo.

— Faz parte do destino de qualquer um de nós.

— Mas não assim, o senhor entende? Estes velhos não são apenas pessoas.

— São o quê, então?

— São guardiões de um mundo. É todo esse mundo que está sendo morto.

— Desculpe, mas isso, para mim, é filosofia. Eu sou um simples polícia.

— O verdadeiro crime que está a ser cometido aqui é que estão a matar o antigamente...

— Continuo sem entender.

— Estão a matar as últimas raízes que poderão impedir que fiquemos como o senhor...

— Como eu?

— Sim, senhor inspector. Gente sem história, gente que existe por imitação.

— *Conversa. A verdade é que o tempo muda, esses velhos são uma geração do passado.*
— *Mas estes velhos estão morrendo dentro de nós.*
E batendo no peito, a enfermeira sublinhou:
— *É aqui dentro que eles estão morrendo.*
Marta Gimo levantou-se e virou costas. Izidine se arrependeu de retoricar com a mulher. Marta era uma fonte de informação que ele devia explorar. Não era ajuizado afugentá-la por razões de desconversa. Não lhe restavam senão mais três dias. Não podia desperdiçar tempo. Muito menos poderia perder ligação com aquela que, cada vez mais, surgia como a única ponte para desvendar o caso da morte de Excelêncio.

Naquela noite, quando já se preparava para dormir, ouviu gritos de mulher. Correu pelos becos da noite. Os gritos vinham do quarto de Marta. Era ela que gritava. O polícia repentinou-se pelo quarto dela adentro, pistola em punho. Estava escuro, não se percebia contra quem a enfermeira se debatia. Izidine acudiu a resguardá-la, interpondo-se contra o invisível adversário. Marta caiu enquanto, em vão, o policial procurava o intruso. De súbito, Marta Gimo desatou a rir. Enrolada sobre si mesma, sufocada pelo riso, ela abriu a porta e saiu para o luar. A combinação revelava o corpo à transparência.
— *Mas quem era?*, perguntou Izidine.
— *Era um morcego!*

A sua voz se entremeava com as gargalhadas. Izidine Naíta não encontrou forças nem sequer para sorrir. Olhou-se, em jeito de espelho: pistoleiro, de cuecas. Marta aproximou-se e passou-lhe a mão pelo cabelo.
— *Está ver? Ficámos sujos com pêlo de morcego.*
Riu-se, atirando a cabeça para trás. Pediu-lhe que pousasse a arma.
— *Sabe o que deveríamos fazer agora?*
— *O que devíamos fazer?*

— *Sim, se fôssemos seguidores da tradição, sabe o que fazíamos?*
— *Não faço ideia. Devíamos, sei lá, tomar banho?*
— *Devíamos fazer amor.*
Sem saber o que dizer, o polícia sorriu. Na atrapalhação ele apressou a despedida. Atrás dele ainda escutou as últimas palavras da enfermeira.
— *É pena o senhor não ser um seguidor da tradição. É pena, não acha?*

Sétimo capítulo

A CONFISSÃO DE NHONHOSO

Falou com o velho português? Aposto que ele lhe contou sobre daquela vez em que ele estava sentado por baixo do frangipani. Pois, me lembro bem dessa tarde. Cheguei à varanda e vi o velho branco adormecido. Suspirei, aliviado: o que ia fazer exigia muita sombra e poucos olhos. Me cheguei no ante do pé, puxei a catana ao alto e desferi o primeiro golpe. A lâmina entrou fundo no suave tronco. Nunca pensei que o branco despertasse. Me enganei. Xidimingo repentinava, esbracejante:
— *Que estás fazer, caraças de tu!*
— *Não está ver? Estou cortar essa árvore.*
— *Pára com isso, Nhonhoso da merda, essa árvore é minha.*
— *Sua? Suca mulungo, não me chateia.*
Nunca tínhamos falado assim. Domingos Mourão, o nosso Xidimingo, se levantou e, aos tropeços, se atirou contra mim. Os dois brigámos, convergindo violências. O branco me solavanqueou, parecia transtornado em juízo de bicho. Mas a luta logo se desgraçou, desvitaminados o pé e o soco. Só os nossos

respiros se farfalhavam nos peitos cansados. Os dois nos sacudimos, desafeitos.
— Você sempre quer mandar em mim. Sabe uma coisa: colonialismo já fechou!
— Não quero mandar em ninguém...
Como não quer? Eu nos brancos não confio. Branco é como camaleão, nunca desenrola todo o rabo...
— E vocês, pretos, vocês falam mal dos brancos mas a única coisa que querem é ser como eles...
— Os brancos são como o piripiri: a gente sabe que comeu porque nos fica a arder a garganta.
— A diferença entre mim e você é que, a mim, ficam cabelos no pente enquanto a você ficam pentes no cabelo.
— Cala, Xidimingo. Você é um arrota-peidos.
O velho branco riu-se sozinho. Depois, se ocupou em ajeitar o corpo. Lhe doía a garganta como um torcicolo em pescoço de girafa. Ficou um tempo imóvel, olhos semicerrados. Parecia desmaiado.
— Você está respirar, Mourão?
— Ouve, Nhonhoso: quer apanhar mais outra vez?
— Você é que apanhou maningue, seu velho branco...
— Deixa-me descansar um bocado e já lhe despacho uma boa murraça.
— Para me dar um murro você precisa descansar um século...
Nos olhámos sérios. De repente, ambos desatámos a rir. Batemos as mãos, chapámos as palmas, em acordo. Aquilo havia sido briga de disputar gafanhoto, bicho sem fruto nem carne. Então, lhe disse:
— Eh pá, Xidimingo, estou-lhe a agradecer bastante.
— Porquê?
— Charra! Eu quase ia morrer sem bater um branco.
— Chamas a isto bater? Recebi foi carícias...

— *Nada. Lhe arreei umas autênticas porradas.*
— *Nhonhoso, me diz uma coisa, seu velho vagabundo: que motivo você tinha de cortar essa árvore?*

Pousei a catana por baixo do banco. E expliquei: não havia outra intenção senão ajudar Nãozinha. A pobre já esgotara as ervas de nkakana nas imediações do forte.

— *Mas para que é que ela quer tanta nkakana?*
— *Para puxar o leite, avivar as mamas.*
— *Leite? A velha tem mais de noventa.*

Falávamos de Nãozinha, essa que amamentava filhos de imaginar, meninos abandonados durante a guerra. Eram os netos, dizia. A velha se tinha vertido no centro das falas. Diziam: ela matou o marido para ficar com os filhos e matou os filhos para ficar com os netos. Diziam e dizem. Não sei. Sei que Nãozinha tinha sido expulsa de casa, depois das mortes, acusada de feitiçaria.

— *Essa velha é doida, Nhonhoso...*
— *Não sei, mulungo, não sei. Eu neste mundo já não ponho certeza. Até já me pergunto: o chifre nasce antes do boi?*

O velho branco se debruçou a apanhar uma flor que tombara da árvore. As flores do frangipani eram alimento para os olhos do português: ele as via cair, como escamas do sol, brancas transpirações das nuvens.

— *Estou quase para morrer, Nhonhoso. Já o céu para mim começa mesmo em cima dessas folhas, já quase lhe posso tocar...*

Estremeci ao escutar estas palavras. Aquele branco tinha sido tão companheiro dos últimos anos que eu me inimaginava sem a existência dele.

— *Nada, mulungo. Ainda havemos de sentar muitas vezes nesta varanda.*

— *Estou velho, meu irmão. Tão velho que até me esqueço de ter dores.*

Os olhos dele se encheram de perfume. Estendeu o braço e tocou o frangipani como se a partir daquela singular árvore ele fabricasse uma floresta inteira, sombras e chilreinos.

— *Toque também você, Nhonhoso, veja como faz bem ao seu corpo.*

Foi nessa altura que, olhando as minhas mãos, me alarmei:

— *Eh pá, Mourão: me roubaram as unhas!*

— *Mostra cá. Com certeza, foi nessa porrada que te dei, lhe caíram as garras...*

— *Não. Não vê que foram cortadas com lâmina? Isso foi serviço de Nãozinha, a gaja me quer fazer feitiço com minhas unhas.*

Aquele incidente me angustiava a ponto de lágrimas. O português me disse, então, uma coisa que nunca hei-de esquecer:

— *Não tenha medo, eu também sou feiticeiro.*

— *Feiticeiro?!...*

— *Conheço feitiços dos brancos. Fica descansado, ninguém lhe vai fazer nada.*

Mas não eram apenas receios que me assaltavam. Eu estava triste de inflamejar os olhos:

— *É que aquelas eram minhas últimas unhas. Não vou ter vida para me crescerem outras novas.*

— *Ora, você, Nhonhoso, ainda vai viver muita unhada. Sei quando uma pessoa vai morrer: é quando acorda com o umbigo nas costas.*

— *Não me faça rir.*

— *É verdade: nascemos com o umbigo na barriga, morremos no oposto. Meu tio, por exemplo, acordou-se com a barriga no inverso lado. Nesse mesmo dia se despediu.*

— *Você, mulungo, você só me faz rir. Você é boa pessoa.*
— *Aí é que você se engana, Nhonhoso: eu não sou bom. Sou é muito vagaroso nas maldades.*
O velho branco se afastou, encantinhando-se. Ficou mexendo os dedos, atento em acertar contagens. Por que dedilhava ele numerações em cada mão? Também receava ter perdido unhas?
— *Estou a contar os dedos, a ver se me faltam...*
Temia as lepras que abundavam por ali. Me ri, já dado a disposições:
— *Eh pá, já viu, Mourão? Lutámos, nós!*
— *Foi bom, lhe dei um soco mesmo em plenas fuças.*
— *Porra, até parecia Frelimo contra colonialismo.*
— *Nós brancos, sempre ganhámos. Durante quinhentos anos vencemos sempre. Nós é que tínhamos as armas...*
O português, coitado, mantinha aquela ilusão. Ele não entendia o passado. Não foram armas que nos derrotaram. O que aconteceu é que nós, moçambicanos, acreditámos que os espíritos dos que chegavam eram mais antigos que os nossos. Acreditámos que os feitiços dos portugueses eram mais poderosos. Por isso os deixámos governar. Quem sabe suas histórias eram mais de encantar? Também eu, no presente, gostava de escutar as histórias do velho português. Uma vez mais, lhe pedia que me entretivesse de fantasias.
— *Estou cansado, Nhonhoso.*
Lhe cansavam, sim, as coisas sem alma. Ao menos a árvore, dizia ele, tem alma eterna: a própria terra. A gente toca o tronco e sente o sangue da terra circulando em nossas íntimas veias. E ficou, parado, murchas as pálpebras.
— *Você está respirar, Mourão?*

— Estou, Nhonhoso. *Agora fica caladinho para escutar o mar...*

Ficámos a olhar a enganosa quietude do mar. No céu farinhavam as primeiras estrelas.

— *Mas essa árvore, por que você lhe põe tantas importâncias?*

— *Me deixe conversar com o mar.*

Voltei atrás e me sentei ao lado do português. Senti, naquele instante, tanta pena dele. O homenzito iria morrer aqui, longe dos antepassados. Seria enterrado em terra alheia. Ele, sim, estava condenado à mais terrível das solidões: ficar longe dos seus mortos sem que, deste lado da vida, houvesse familiar que lhe deitasse cuidados. Nossos deuses estão aqui perto. O Deus dele está longe, para além das vistas e das visitas.

— *Você reza a Deus, Xidimingo?*

Ele negou com a cabeça. Respondeu que só rezava quando não queria falar com Deus. Eu me ri, para disfarçar a gravidade da ofensa.

— *Sabe Nhonhoso: eu já ganhei muita desilusão com Deus.*

— *Então?*

— *Por exemplo-me: esse Deus é muito preguiçoso, você sabia?*

— *Mentira. Deus segura estrelas, milhões delas em milhões de noites. Alguma vez se cansou?*

— *Estou-lhe a dizer, o tipo é um preguiçoso.*

— *E por que diz isso?*

— *Porque ele não trabalha: só faz milagres.*

— *Desdiga isso, mano. Que isso é pecado criminal.*

— *Nem Deus quer saber de pecado. A única coisa que Deus quer, sabe qual é? Ele quer é fugir do Paraíso. Pirar-se daquele asilo.*

— *Bom, lá nisso, somos parecidos com Deus.*

O branco, de repente, cansou daquele falatório.

Invocou que estávamos para ali perdendo salivas quando o assunto era a maneira como eu tinha maltratado o seu frangipani. Disse que nós, os pretos, não podíamos entender, nós não gostamos de árvores. Aí eu me zanguei: como não gostamos de árvores? Respeitamos como se fossem família.

— *Vocês, brancos, é que não sabem. Pois vou-lhe ensinar uma coisa que você não conhece.*

E lhe contei sobre a origem do antigamente. Primeiro, o mundo era feito só de homens. Não havia árvores, nem animais, nem pedras. Só existiam homens. Contudo, nasciam tantos seres humanos que os deuses viram que eram de mais e demasiado iguais. Então, decidiram transformar alguns homens em plantas, outros em bichos. E ainda outros em pedras. Resultado? Somos irmãos, árvores e bichos, bichos e homens, homens e pedras. Somos todos parentes saídos da mesma matéria.

Assim falei. Mas o português parecia não ter ouvido nada. Sacudiu a cabeça e disse:

— *Você não entende, não pode entender. Eu vejo vocês sonharem com grandes carros, grandes propriedades...*

— *E você sonha com pequenices?*

— *Eu só ambiciono ter uma árvore. Os outros querem florestas, eu só quero uma arvorezita que eu possa cuidar, ver crescer, florir.*

— *Você fala de Nãozinha, suas malucarias. Ao menos os sonhos dela abastecem crianças.*

A conversa já nos saturava. Resolvemos nos deitar ali, no relento. Estávamos cansados de dormir lá dentro das casas, escutando a velharia a ressonar, assaltados por piolhos, ratos e baratas. Nos deitámos ali, um junto e outro ao pé. Já nos íamos amolecendo foi quando Mourão me sacolejou:

— *Eh pá, não vale a pena encostar-se muito.*
Será que ele confundia meu desejo de aquecimento? Quando eu já acreditava que ele dormisse ainda lhe ouvi:
— *Nhonhoso, está sonecar?*
— *Ainda. O que se passa, meu irmão?*
— *É uma coisa que nunca encontrei ocasião de dizer. É que nós, brancos, parece temos as pilas pequenas.*
— *Também ouvi dizer assim. Mostra lá sua, Xidimingo.*
— *Está maluco? Não posso mostrar.* Depois de uma pausa, ele disse: *Você, se quer, espreita.*
O português levantou o elástico das calças, encolhendo toda a barriga.
— *É verdade*, confirmei.
— *É verdade como?*
— *É quase um bocadinho pequena.*
O português não aceitou a conclusão. Reclamou. Eu não queria uma nova discussão. E, logo, nos acertámos:
— *Amanhã, demanhãzinha, vamos comparar quando elas estão ainda acordadinhas, em serviço de horas-extras.*
Adormecemos naquele sono de velho que é leve e breve. De vez em quando, eu conferia a respiração do tuga. A meio da noite ele me estremunhou, apontando-me o dedo:
— *Nhonhoso, você está sonhar, seu malandro...*
— *Eh pá! E você me abana assim, quase me partia o sonho?!*
— *É bem feito que é para não sonhar mais...*
— *Eh pá, Mourão, deixe disso. Me desmistifique lá esta dúvida: será que sonhamos sempre com mulheres? Eu sempre sonho com a mesma mulher...*
— *Quem é?*

— É Marta, mesmo. Também quem manda a gaja despir-se aí, em frente de todos?
— Cá eu gosto de espreitar é a mulher do chefe, essa mulatona...
— Ernestina? Cuidado, você: Excelêncio ainda lhe arrebenta o olho espreitador.

E voltámos a nos deitar. Nós, velharias, demoramos a chegar ao chão. Em nossa idade cada movimento pede um corpo que já não temos. O branco me tocou a pedir uma faca, um pedacito de lâmina que fosse.
— É para quê uma faca?
— É para eu sonhar também.

Sonhar? Ri-me. O velho Mourão acreditava que só sonhava quando sangrasse. Ele insistia que era verdade. O sonho não lhe vinha se não corresse esse vermelho de dentro. Xidimingo, nessa noite, não havia maneira de ganhar sossego:
— Nhonhoso?
— Me deixa dormir, Xidimingo.
— É só mais uma pergunta: você já viu a garça a adormecer?
— Já, porquê?
— Ela tapa a cara com a asa. Como o homem quando chora. A garça tem vergonha de dormir às vistas do mundo. Assim deveríamos fazer em hora de adormecer...

Finalmente, foi vencido pelo sono. Eu esperava aquele momento. O português falara nas garças que se cobrem com as próprias asas. Minha garça era Marta Gimo. Ela dormia nua sobre a terra, fizesse frio, tombasse chuva. Se cobria com os próprios braços. Era eu que, noites sem fim, lhe salvava do frio. Marta não sabia, ninguém sabia. Aquela noite, me levantei para ir espreitar aquela que eu tanto queria.

Levei comigo a manta, para a eventualidade de

uma ajuda. Enquanto caminhava para as traseiras da cozinha, onde Marta costumava dormir, fui-me rindo de mim para mim. Aquela andança de manta às costas era o que me restava de um glorioso passado de ladrão de solteiras, namoradeiro de fama e proveito. E pensei:

— *Antes eu cobria-as com meu corpo, agora lhes tapo com cobertor.*

Me ria sozinho quando vi Vasto Excelêncio passar. Vinha com passo furtivo, evitando ser visto. Se dirigia para os lados da cozinha. Desapareceu entre arbustos. Quando o voltei a ver estava ele falando com Marta. Estavam sentados, muito juntos. Discutiam? Sim, Marta se zangava.

De repente, ele lhe colocou as mãos nos ombros como que a obrigar a deitar-se. Marta lutou. De imediato, me decidi intervir. Há muito, porém, que perdi idade para as vias do facto. Logo, no primeiro passo, escorreguei e caí mais comprido que o chão. Me tentei levantar mas, de novo, me trestrapalhei. Quando, enfim, consegui chegar junto de Marta já Vasto tinha escapado. A moça chorava. Assim que me viu, ergueu o braço a mostrar que não me queria perto. Filho de uma quinhenta, esse Vasto tinha magoado aquela que eu tanto amava.

A raiva decidiu por mim: eu tinha que encurtar os gasganetes desse satanhoco. Corri a emboscá-lo no fundo do corredor onde ele acabaria por passar. Quando se aproximou saltei com inesperadas forças que fui buscar no passado. Lhe empurrei para a parede, esmaguei a cara do gajo contra o muro, tapei o focinho dele com a manta até lhe tirar o respiro final.

Passou-se assim mesmo, inspector. Fui eu que tirei a vida desse mulato. Matei por amor. Um velho como eu pode amar. Pode amar tanto que mata.

Oitavo capítulo

QUARTO DIA NOS VIVENTES

Nessa manhã, o polícia estava decidido a abrir clareira no labirinto. Se encaminhou, logo nas primeiras horas, para os lados da cozinha. Queria ver se entrava no armazém para confirmar o que ali se guardava. No caminho, encontrou Marta que ainda dormia. Só quando chegou perto é que reparou que ela estava nua. A enfermeira acordou estremunhada, o inspector revelou maneiras, desviando os olhos. Se desculpou, fazendo menção de se afastar para que ela ajeitasse compostura. Mas ela se deixou naquele despreparo e chamou o polícia:
— *Fique, eu faço sempre assim...*
— *Assim?*
— *Durmo nua sobre a terra.*
Esperou que Marta se cobrisse. Mas ela se ergueu e, assim mesmo, sem se cobrir, anunciou disposição para conversar. Primeiro, justificou-se: não era por causa dos piolhos ou das ratazanas. Ela dormia fora porque aqueles quartos lhe davam uma tristeza de cai-

xão sem cova. E ainda mais: dormia assim, despida, para receber da terra as secretas forças.

— *Até aqui, neste lugar abandonado, ainda sinto esse perfume que vem do fundo, lá das entranhas do mundo.*

— Talvez esse perfume venha de si e não da terra.

— *Quem sabe? Assim deitada, eu me sinto gémea do chão. Não é assim que dizem: a mulher faz da terra outra mulher?*

— Marta, eu quero perguntar-lhe uma coisa. Mas responda-me com verdade...

— *Alguma vez fiz outra coisa?*

— Eu... eu quero saber se você teve um caso com Vasto Excelêncio.

— *Um caso, dois casos, muitos casos...*

— Falo a sério, quero saber se vocês foram amantes.

Ela pensou antes de responder. De repente, disse: *Vou-me vestir, venho já*. Foi atrás de um muro, demorou-se um breve instante. Reapareceu, apenas coberta com uma capulana. Vinha desavençada, modos bruscos, sem quentura nos panos:

— *Tenho que ir ver o velho Navaia. Ontem ele dormiu mal. Conhece, o velho-criança...*

— Sim, foi o primeiro a depor.

— *Ontem à noite ele quase chegou ao fim da sua história. Ficou mesmo à beirinha de morrer. Tenho que ir vê-lo.*

— Espere, Marta, disse Izidine, barrando-lhe o caminho. *Você tem que me responder.*

— *Tenho!? E por que motivo tenho?*

— Porque eu... eu sou uma autoridade.

— *Você, aqui, não é autoridade nenhuma.*

Evitando o polícia, ela se afastou. Izidine encalçou-a, segurou-lhe num braço. Ela estacou junto dele, tão próxima que ele se embaciava da sua respiração. Fez um esforço para se libertar. Em vão. O que sucedeu foi que a capulana tombou, deixando exposta a nudez da mulher. Ela segurou o pano e improvisou decência.

— Marta, você tem que responder. Eu estou a trabalhar.

— Saia do meu caminho. Eu também tenho que trabalhar.

De novo, a enfermeira intentou escapar. Izidine apertou com mais força seu braço fugidio. O inspector muito se agravou:

— Escute bem, sua enfermeirazinha de distrito. Eu não estou a avançar. Agora já sei porquê, é você que me anda a estragar a investigação...

— Eu?

— Sim, é você que anda a meter coisas na cabeça dos velhos, para eles inventarem disparates e me confundirem...

— Não são disparates. Você é que não percebe o que eles lhe estão a dizer.

— Não percebo?

— Eles, todos eles, lhe estão a dizer coisas importantíssimas. Você é que não fala a língua deles.

— Não falo? Se nós falámos sempre em português?!

— Mas falam outra língua, outro português. E sabe porquê? Porque não confiam em si. Só lhe faço esta pergunta: por que é que você não deixa de ser polícia?

— Acontece que sou polícia, estou aqui como isso...

— Aqui não cabem polícias.

— Mas para quê esta conversa estúpida? Eu estou aqui para descobrir quem matou...

— É isso só que você quer: descobrir culpados. Mas aqui há gente. São velhos, estão no fim das suas vidas. Mas são pessoas, são o chão desse mundo que você pisa lá na cidade.

— Qual chão, qual meio-chão! Eles sabem coisas

que me estão a esconder. Sabe o que vou fazer? Vou prendê-los a todos. São todos culpados, todos cúmplices.
— *Boa, inspector. Assim é que se exerce autoridade. Parabéns, senhor polícia, vai ver que chega a Maputo e recebe logo uma promoção.*

Marta Gimo enrolou melhor a capulana em redor do corpo. Sentou-se num muro pequeno. O polícia embolsou as mãos e perfilou o olhar no oceano. Só então reparou como o dia estava bonito, água e céu rivalizando em azuis. Aquele sossego a perder de vista como que o acalmou. Suspirou fundo, sentou-se ao lado da enfermeira. Sua voz já estava ajoelhada:

— *Por favor ajude-me. Eu já não tenho tempo, não sei o que fazer.*

Marta mergulhou o rosto entre os braços. Resistiu assim, calada. O silêncio dela foi maior que a paciência do inspector. O homem insistiu:

— *Que quer que eu faça? Diga-me, você que sabe deste mundo...*

— *Você quer condená-los!*

— *Quero saber a verdade...*

— *Quer condená-los, sabe porquê? Porque você tem medo deles!*

— *Medo, eu?*

— *Sim, medo. Estes velhos são o passado que você recalca no fundo da sua cabeça. Esses velhos lhe fazem lembrar de onde vem...*

De novo, uma fúria o tresvairou. A enfermeirinha queria discutir? Pois ele não era um desses polícias quaisqueres. Queria resposta? Pois teria a devida resposta. Quando se preparava a engatilhar um argumento, o agente reparou que Marta chorava. A fragilidade súbita daquela mulher o amoleceu. Pousou a mão sobre o seu ombro. Mas um sacão vigoroso afastou o gesto consolador.

— *Me deixe, seu... polícia!*
Marta afastou-se. O inspector ficou um tempo para se acertar. Depois, decidiu retomar o programa que estabelecera. Dirigiu-se ao armazém onde guardavam os produtos alimentícios. Estacou perante os mil fechos, ferrolhos e fechaduras. Quando se preparava para descadear a porta foi interrompido pela voz de Nhonhoso:
— *É melhor o senhor não entrar aí.*
— *E porquê?*
O velho hesitou em responder. Depois, falou daquela maneira dele, nem pão nem queijo. Pronunciou-se em estranhas falas:
— *Esse armazém perdeu o chão.*
— *Não tem chão?*
Nhonhoso confirmou, acenando um sim. Ali dentro havia apenas um vazio, um vazio dentro de um buraco. Aquele chão tinha sido engolido pela terra.
— *O senhor entra e é engolido também.*
Izidine Naíta desdenhou os conselhos do velho. Com um tiro estilhaçou a fechadura da porta principal. Cautelosamente, espreitou o interior, antes de entrar. Estava escuro e respirava-se uma humidade e um cheiro estranhos. De repente, um bater de asas chicoteou o silêncio e ecoou pelos fundos. Mais asas se juntaram e o rosto de Izidine foi severamente golpeado. Caiu quase sem nenhuns sentidos. A porta bateu com violência. Izidine já de nada se apercebeu. Mas eu, o fantasma dentro dele, senti as mãos de Nhonhoso ajudando-o a levantar-se. E o polícia foi arrastado para junto da feiticeira.

Nono capítulo

A CONFISSÃO DE NÃOZINHA

Sou Nãozinha, a feiticeira. Minhas lembranças são custosas de chamar. Não me peça para desenterrar passados. A serpente engole a própria saliva? Tenho que falar, por sua obrigação? Está certo. Mas fica a saber, senhor. Ninguém obedece senão em fingimento. Não destine ordem em minha alma. Senão quem vai falar é só o meu corpo.

Primeiro, lhe digo: não devíamos falar assim de noite. Quando se contam coisas no escuro é que nascem mochos. Quando terminar a minha história todos os mochos do mundo estarão suspensos sobre essa árvore onde o senhor se encosta. Não tem medo? Eu sei, você mesmo, sendo preto, é lá da cidade. Não sabe nem respeita.

Vamos então escavar nesse cemitério. Digo certo: cemitério. Todos os que eu amei estão mortos. Minha memória é uma campa onde eu me vou enterrando a mim mesmo. As minhas lembranças são seres morridos, sepultados não em terra mas em água. Remexo nessa água e tudo se avermelha.

Lhe inspiro medo? Por essa mesma razão, o medo,

eu fui expulsa de casa. Me acusaram de feitiçaria. Na tradição, lá nas nossas aldeias, uma velha sempre arrisca a ser olhada como feiticeira. Fui também acusada, injustamente. Me culparam de mortes que sucediam em nossa família. Fui expulsa. Sofri. Nós, mulheres, estamos sempre sob a sombra da lâmina: impedidas de viver enquanto novas; acusadas de não morrer quando já velhas.

Mas hoje me aproveito dessa acusação. Me dá jeito pensarem que sou feiticeira. Assim me receiam, não me batem, não me empurram. Está ver? Meus poderes nascem da mentira. Tudo isto tem sua razão: a minha vida foi um caminho às avessas, um mar que desaguou no rio. Sim, eu fui mulher de meu pai. Me entenda bem. Não fui eu que dormi com ele. Ele é que dormiu-me.

Tenho que demorar essa lembrança. Desculpa, senhor inspector, mas eu devo relembrar meu pai. Porquê? Porque eu mesma matei o mulato Excelêncio. Se admira? Pois lhe digo, agora: esse satanhoco tinha o espírito do meu pai. Tive que lhe matar porque ele era um simples braço executando as vontades do meu falecido velho. É por isso: para falar desse Vasto Excelêncio, salvo seja, devo falar primeiro de meu pai. Posso retrasar-me nele, em tempos do antigamente? Lhe peço licença porque o senhor começou com mandanças, mesmo antes de eu abrir boca. Não quero perder-lhe o tempo mas o senhor não vai entender nada se eu não descer fundo nas minhas lembranças. É que as coisas começam mesmo antes de nascerem.

Meu pai sofria uma demoniação. Sempre que se aprontava a fazer amor ele ficava cego. Tocava em corpo de mulher e perdia as vistas. Cansado, meu pai consultou o feiticeiro. Não era só essas cegueiras momentâneas que o preocupavam. Ele estava sentir-se estreitado, em meio de tanto mundo. Foi assim que se decidiu a deitar sua vida na esteira do nhamussoro. O que o outro lhe disse foram garantias de riqueza. E lhe avançou promessas: meu velho queria ficar no sossego da abundância? Então, devia levar sua filha mais velha, eu própria, e começar namoros com ela. Assim mesmo: transitar de pai para marido, de parente para amante.

— *Namorar?*, perguntou meu pai.

— *Sim, namorar nela mesmo*, respondeu o nhamussoro.

— *Mas se ela não me aceitar?*

— *Aceita, depois de beber os remédios que eu lhe vou dar.*

— *Não são perigosos?*

— *Esses remédios afastam a boca do coração. Sua filha vai aceitar.*

— *E no caso de não?*

— *No caso de não... é melhor não pensarmos porque, nesse caso, você terá de morrer.*

Meu velho engoliu boas securas. Morrer? Atarantonto, ainda se duvidou. Mas o que ele podia fazer? Ficou assim, aceitável. Voltou para casa e fui mesmo eu, sua filha destinada, que lhe abriu a porta. Naquele momento, à contraluz do xipefo, sabe que ele viu? Viu-me, a mim, toda. Parecia eu estava despida.

— *Nãozinha: estás sem a roupa?*

Só eu pude rir. Sem roupa? E puxei a capulana para ele ver as roupas. Mas naquele atrapalhamento, a capulana soltou-se e ficaram às vistas meus seios, minha pele que, nesse tempo, era de chamar dedos. Nesse instante, sucedeu que ele deixou de me enxergar. Meu pai perdia as visões. Queria dizer: eu, sua filha varã, já lhe era desejável, igual uma qualquer mulher. Estudou o caminho com as mãos, como um

cego. Queria se amparar na porta mas, em vez, me tocou os ombros. E sentiu meu arrepio.
— *Pai, se sente bem?*
— *Me ajude a entrar, é só excesso de escuro.*
No dia seguinte, ele me deu as bebidas que o curandeiro preparara. Nem perguntei o que era aquilo. Meus olhos estavam cheios de dúvida, simplesmente eu baixei todo o rosto. Não ingeri logo a bebida. Fiquei parada como se adivinhasse o que iria suceder.
— *Posso beber amanhã?*
— *Pode, filha. Bebe quando você sentir desejo.*
Começou então o namoro. Meu pai foi, afinal, meu primeiro homem. Mas, devo confessar uma coisa: nunca bebi a poção. A cabaça do feiticeiro ficou durante anos esperando por meus lábios. Sempre meu velho acreditou que eu estivesse sob cuidado dos espíritos e que agisse ao mando dos remédios. Contudo, meu único remédio fui eu mesma.

E assim me sucedi, esposa e filha, até que meu velho morreu. Se pendurou como um morcego, em desmaio de ramo desfrutalecido. Veio o poente. Veio a assombrável sombra: a noite. Passaram as horas e ele balançando no escuro, o escuro balançando dentro de mim. Não me deixaram vê-lo. Nesse tempo, era interdito às crianças verem os falecidos. Você sabe, a morte é como uma nudez: depois de se ver quer-se tocar. De meu pai não ficou nenhuma imagem, nenhuma sobra de sua presença. Seguindo os antigos mandos, todos os pertences, incluindo fotografias, eram enterrados com o defunto.

Assim, fiquei eu, órfã e viúva. Agora sou velha, magra e escura como a noite em que o mocho ficou cego. Escuro que não vem da raça mas da tristeza. Mas tudo isso que importa, cada qual tem tristezas que são maiores que a humanidade. Mas eu tenho um segredo, meu e único. Os velhos aqui sabem, mais ninguém. Lhe conto agora mas não é para escrever em nenhum lado. Escute bem: em cada noite eu me converto em água, me trespasso em líquido. Meu leito é, por essa razão, uma banheira. Até os outros velhos me vieram testemunhar: me deito e começo transpirando às farturas, a carne se traduzindo em suores. Escorro, liquidesfeita. Aquilo dói tanto de ser visto que os outros se retiraram, medrosos. Não houve nunca quem assistisse até ao final quando eu me desvanecia, transparente, na banheira.

O senhor não me acredita? Me venha assistir, então. Esta noite mesmo, depois desta conversa. Tem medo? Não receie. Porque logo que amanhece, de novo se refaz minha substância. Primeiro, se conformam os olhos, como peixes mergulhados em improvisado aquário. Depois, se compõem a boca, o rosto, o mais restante. Por último são as mãos, teimosas em atravessar aquela fronteira. Elas se demoram cada vez mais. Um dia, as mãos me ficam água. Que bom seria eu não voltar!

Para dizer a verdade, eu só me sinto feliz quando me vou aguando. Nesse estado em que me durmo estou dispensada de sonhar: a água não tem passado. Para o rio tudo é hoje, onda de passar sem nunca ter passado. Há aquela adivinha que reza assim: "em quem podes bater sem nunca magoar?". O senhor sabe a resposta?

Eu lhe respondo: na água se pode bater sem causar ferida. Em mim, a vida pode golpear quando sou água. Pudesse eu para sempre residir em líquida matéria de espraiar, rio em estuário, mar em infinito. Nem ruga, nem mágoa, toda curadinha do tempo. Como eu queria dormir e não voltar! Mas deixemos meus devaneios. Não foi para isto que me deu ordem de falar. O senhor quer saber só de ocorrências, não é? Pois, a elas regresso.

Naquela noite, eu me dirigia para a minha banheira quando encontrei Nhonhoso e Xidimingo dormindo na varanda. Estavam embrulhados um no outro, se aqueciam. Mas aquele cacimbo não era bom para idades. Acordei-os com suavidades. Nhonhoso foi o primeiro a despertar. Quando ele descobriu o velho Mourão anichado em seu colo, desatou-se a gritar. Com brusquidão empurrou Xidimingo para o chão. O branco se estremunhou:

— *O que é isso, Nhonhoso, está maluco?*
— *Eu pensei você já tinha-se apagado.*
— *E então, me empurra assim?*

Eu entendia o medo de Nhonhoso. Aquele cocuana não esbanjava coração. Não se pode deixar um alguém apagar-se no nosso colo, esfriar em nosso corpo. Os mortos se agarram à alma e nos arrastam com eles para as profundezas. Aqui, neste asilo, se morre tanto que eu, às vezes, me pergunto: os mortos servem para quê? Sim, tanta gente aí a estrumar a terra. O senhor inspector sabe a razão da amontoação dos falecidos? Eu, da minha parte, já cheguei a um pensamento: os mortos servem para apodrecer a pele deste mundo, deste mundo que é como um fruto com polpa e caroço. É preciso que caia a casca para que a parte de dentro possa sair. Nós, os vivos e os mortos, estamos a desenterrar esse caroço onde residem espantáveis maravilhações. Desculpe, inspector, me desviei por bula-bulas. Volto ao nosso assunto, àquela noite em que encontrei os dois velhos. Me lembro perguntar-lhes:

— *Então vocês dois vão ficar aqui? Dormir fora?*
— *Olha, Nãozinha, nos deixa aqui mesmo, hoje não nos apetece ficar lá junto da velharia...*
— *Eu é que tenho mesmo que dormir na minha banheira. Senão até ficava aqui também...*

Os dois se riram, aliviados de me verem longe.

Como todos os outros, eles também acreditavam que eu fosse uma feiticeira. Imaginavam que fora eu quem encomendara a morte de meu marido, meus filhos. Pensavam que matara meu pai para ficar com o marido, que eu matara o marido para ficar com os filhos, matara os filhos para ficar com os netos. Que pensassem.

Naquela noite, me demorei na companhia desses dois velhos. Ainda vi Marta chegar e estender-se, nua, em pleno chão. Nhonhoso e Mourão trocaram cumplicidades de miúdos. Foi quando chegou o director mulato. Chamou-nos aos três, ordenou que o acompanhássemos ao seu gabinete. Era ali que ele procedia a maldades. Sentámos os três num banco comprido e Nhonhoso apanhou logo um encontrão.

— *O que é eu te mandei fazer, madala?*

O velho preto se calou, cabisbaixito. Parecia envergonhado, carregado de culpas. Vasto Excelêncio segurou-lhe o rosto para lhe faiscar os olhos:

— *Eu não disse para deitares a árvore abaixo?*

— *Afinal, era isso?*, se admirou o português. *Você me cortava a árvore a mando deste filho da puta?!*

— *Cala-te, tu também!*

O director foi sumário: Nhonhoso logo ali foi declarado culpado de insubordinação. Todos sabíamos a punição que se iria seguir. Chamariam Salufo Tuco para se encarregar dos castigos corporais. Eu ainda tentei sossegar a raiva do director.

— *Excelêncio, você não vai arrear nestes pobres...*

E logo ele se descarregou em mim. Aos gritos me bateu no peito. Uma e mais e muitas vezes. Escolhia os seios: bateu neles até eu sentir como que fosse um rasgão me rompendo ao meio. Mourão e Nhonhoso ainda tentaram interceder mas os pobres velhos, mesmo juntos, não somavam uma única força. Eu fiquei estendida, fingindo não ter sido senão um homem batendo em mulher velha. Então, Excelêncio se virou para Nhonhoso e gritou:

— *Mandei-lhe cortar a árvore do tuga e você desobedeceu. Agora já sabe...*

— *Eu sei. Mas estou a pedir uma coisa: não chame ninguém para me bater.*

Depois, virando-se para o velho português, Nhonhoso implorou:

— *Por favor, você me bata.*

— *Bater-te!? Estás doido?*

— *Eu não quero que seja um preto a me bater.*

— *Não me peça isso, Nhonhoso. Eu não posso, não sou capaz.*

Nesse momento, o director interrompeu. Perguntou ao branco, com o maior sarcasmo:

— *Não diga que você nunca arreou num preto. Heim, patrão?*

Sublinhava bem a palavra "patrão". Nhonhoso, para nossa surpresa, juntou voz a Excelêncio:

— *Sim, me satisfaça esse pedido, patrão.*

— *Não entendo, Nhonhoso: agora eu sou "patrão"?*

Quem respondeu foi o director do asilo. Parecia se divertir com aquela conversa. Sentou-se na cadeira, com ar de mandos. Depois bazofiou, apontando dedo de juiz:

— *Sim, vocês brancos nunca deixaram de ser patrões. Nós, negros...*

— *Qual nós negros? Você se cale, seu oportunista de merda.*

Era o velho português, exaltado. Vasto Excelêncio sorriu-se no canto da boca:

— *Calar-me? Se o patrão assim manda.*

— *Eu não sou patrão de ninguém!*

— *É, é meu patrão!*, insistiu Nhonhoso.

— *Não sou patrão, caraças! Não me venham com essas merdas, eu sou Domingos Mourão, porra!*

O português, enfervescido, dava voltas enquanto repetia: "Sou Domingos. Sou o Xidimingo, caraças!". O velho Nhonhoso, de repente, se interpôs no caminho do branco. Baixou a cabeça e suplicou, em surdina:

— *Lhe peço, Mourão. Me bata.*
— *Não posso.*
— *Não me vai magoar, lhe juro.*
— *Vai-me magoar a mim, Nhonhoso.*
— *Lhe peço, Xidimingo. Faça isso, meu irmão.*

O branco fechou os olhos. À beira da lágrima, ele se semelhava. Devagar, empunhou o chamboco. Sempre de pálpebra descida, ele levantou o braço. Mas não chegou a cumprir sentença. Porque sucedeu que, de repente, lá fora, deflagrou uma tempestade de rasgar céus. Relâmpagos e trovões se confundiam. Nunca eu havia presenciado tais zangas dos firmamentos. Do meu saco tirei folhas de kwangula tilo. Dei um ramo a cada um dos velhos para que segurassem em suas mãos. Assim se preveniam contra o rebentar dos pulmões. Dei a todos menos ao director. Depois, ordenei:

— *Calem-se: está passar no céu o wamulambo!*
— *O wamulambo?!*, perguntou o director, com voz tremente.
— *Cala-se, satanhoco!*

O director saiu, com pressas intestinais. Xidimingo Mourão se espantava. Ele não conhecia todas nossas crenças. Não conhecia o wamulambo, essa uma cobra gigantíssima que vagueia pelos céus durante as tempestades. Ficámos um tempo, peito agachado, até o ciclone se cansar. Depois, saímos de casa a espreitar o céu. Já não desabavam trovões. Mas pelo asilo se espalhavam os estragos. Telhas de zinco se tinham descavacado. Nhonhoso falou:

— *Há muito tempo que estou dizer para pintarmos aquelas telhas...*

O velho tinha razões. Essas cobras das ventanias confundem o brilho onduloso das telhas com as ondas da água. E assim se abruptam no vão do espaço, mergulhando sobre os zincos.

— *Você, Nãozinha, que é feiticeirinha, bem que podia oferecer um wamulambo para o velho Xidimingo.*

— *Lhe digo uma coisa, branco: nunca queira uma cobra dessas. Elas ajudam os donos mas, em contraparte, estão pedindo sempre sangue...*

O português nem de amarelo sorriu. Incrível como um velho depende do estado do tempo, se fragiliza a meteorologias. Agora, cada um de nós, velhos, nos sentíamos frágeis como um calcanhar. Mourão era o que mais sofria o peso das nuvens. Olhava o firmamento e dizia:

— *Está um céu de desaparecer a Virgem.*

Meus seios me doíam em insuportável aperto. Me parecia que sangravam. Separei-me às pressas dos meus companheiros. Me dirigi a minha casinha para me deitar. Eu carecia com urgência de me converter em água. Abri a porta e deparei com a banheira toda quebrada: a tempestade se vingara nela. O wamulambo se confrontava comigo, castigando-me de minhas mentiras? Fiquei ali sentada, derrotada. O sangue me encharcava a blusa.

Naquele pequeno quarto eu fiquei parada vendo pingar meus seios. Nunca mais voltaria a amamentar meus netos, fossem eles de verdade ou de carne. De onde saiu sangue não pode escorrer leite. O mulato fosse maldiçoado com todas as mortes. Agora, eu digo: Vasto Excelêncio foi destinado nesse momento. Eu é que lhe encomendei, o homem subitou-se por minha autoria. O mesmo sangue que me escorria no peito havia ele de perder do seu corpo.

A vida é uma casa com duas portas. Há uns que entram e que têm medo de abrir a segunda porta. Ficam girando, dançando com o tempo, demorando-se na casa. Outros se decidem abrir, por vontade de sua mão, a porta traseira. Foi o que eu fiz, naquele momento. Minha mão volteou o fecho do armário, minha vida rodeou o abismo.

À minha frente surgia a caixa de sândalo que eu tantos anos guardara. Retirei a raiz desse arbusto que cresce junto aos mangais. Abria as pernas e, lentamente, fui espetando a raiz no centro do meu corpo, por essa fresta onde eu e a vida nos havíamos já espreitado. Deixei o veneno se espalhar nas minhas entranhas. Já perdendo forças, cambalinhante, regressei junto dos meus amigos.

— *Que se passa, Nãozinha?*

— *Me venho despedir.*

O português sorriu: para que nenhum lado iria eu? Nhonhoso também riu. Mas, depois, eles se certificaram de minha tristeza.

— *Sabem que a tempestade quebrou a minha banheira?*

— *Não me venha com essa história da água, Nãozinha*, respondeu Xidimingo.

Eu ainda sorri. Todos temos nossos desconhecimentos. Mas os brancos como se envaidecem de suas ignorâncias! Para o português o assunto era pão e terra. Uma pessoa que vira água? Impossível! O corpo se fragmenta é na morte, polvilhado em nada, na coerência de uma ossada. Eu nem tinha força para desditos. Levantei um torrão de areia e deixei os grãos escorrerem.

— *Esta noite, sem banheira, eu vou-me escoar por essas areias...*

Aquela era, em minha realidade, minha última noite. Eu iria ser enterrada como chuva, deflagrada em mil gotas. De súbito, o português me sacudiu, em aflição:

— *Você está sangrar em todas as pernas, Nãozinha. O que é se passa?*

— *É sangue do meu peito, foi esse mulato me bateu.*

— *Não, Nãozinha, esse sangue é outro.*

— *Que é que você fez-se?* — perguntou o velho preto.

Nhonhoso sabia. Sendo um retinto, conhecia os nossos modos. Atabalhoando-se, explicou ao português. Eu me estava suicidando. Só havia uma maneira de eu ser salva. Era um deles fazer amor comigo.

— *Mas não é arriscoso? O veneno não pode passar para nós?*

Os dois cocuanas trocaram, em silêncio, medos e angústias. Ficaram calados, olhos no chão. Até que o velho Nhonhoso sorriu. E falou: o branco ficasse tranquilo. Ele trataria do assunto. No que o português se opôs.

— *Mas é perigoso de morrer, Nhonhoso.*

— *Quem quer apanhar o gafanhoto tem que se sujar na terra.*

— *Sabe, Nhonhoso. Quem que vai sou eu!*

— *Nem pense, mulungo. Eu é que vou.*

E discutiram-se. Ambos me queriam? Usaram motivos e tudo: um que tinha maiores factos que argumentos, outro que tinha a raça certa. O preto dizia: você se deita com a feiticeira e está mais condenado que palha de cigarro. O português ficou calado por um

instante. Um gaguejo lhe travava a voz. Até que despejou o desabafo:
— *Eu não queria revelar isto, mas...*
Depois, ele voltou-se a calar. Parecia ter perdido coragem.
— *Fala, homem!*
— *É que Nãozinha, em tempos, levantou todas as saias para mim. E eu lhe olhei sem nenhumas roupas...*

Senti pena de Domingos Mourão. O português não tinha entendido por que motivo eu lhe mostrara o corpo. Mourão ainda desconhecia muitos dos nossos segredos. Quando uma velha se desnuda e desafia um homem esse é um sinal de raiva. Esse momento que Xidimingo Mourão pensava ser de cortejo tinha sido, afinal, uma mensagem de desprezo. Coitado, o velho branco nem merecia. Já era tarde para emendas. O melhor era deixar Mourão nesse engano.

A disputa se resolveu, afinal, a favor do preto. Nhonhoso me pegou na mão, em jeito namoradeiro. Apontou a minha casita e perguntou:
— *Vamos?*

Eu já me havia esquecido da arte de trocadilhar os corpos. Mais me confundiam as falas de Nhonhoso: *esta é a esteira, e somente a esteira quando se deita uma só pessoa. Mas quando se deitam dois amantes a esteira recebe nela a terra inteira. Você fala as coisas bonitas, Nhonhoso. Mas, além das falas, ainda pratica coisas bonitas?* O velho Nhonhoso desenrolava as prosas: *veja o Navaia Caetano*, dizia. *Ele é velho, é criança? Estou a falar, Nãozinhita. Você nunca viu um mulato? Então? Pode-se ser mulato de raças, pode-se ser um mulato de idades. Você é velha-menina, a minha miúda.*

O que ele me falou, em soprinho no ouvido, me

convenceu às loucuras. Que eu estava ainda em idade de flor. Eu já sabia: a velhice não nos dá nenhuma sabedoria, simplesmente autoriza outras loucuras. Minha loucura era acreditar em Nhonhoso. Que eu era a mais linda, a mais mulher. E nós nos adiantávamos, já os corpos livres de roupagens. De repente, ele parou.

— *Tenho medo.*
— *Medo?*
— *Eu sempre tive medo.*
— *E se lhe faço uns carinhos*, perguntei. Assim, disse e fiz. Minha mão passeou em suas delicadas partes. Ele sorriu e respondeu que não valia a pena.
— *É inútil como tirar ferrugem a um prego.*

Rimo-nos. A vida é a maior bandoleira: sabemos que existimos apenas por sustos e emboscadas. Agora que Nhonhoso estava assim, coração à mão de semear, foi quando apareceu Vasto Excelêncio. Entrou sem bater e ficou, de riso ao canto, nos contemplando:

— *Vejam, que casalinho apaixonado nós temos aqui.*

Empurrando Nhonhoso, afugentou o velho com os pés, lhe ordenou:

— *Sai daqui, cabrão!*

Nhonhoso se foi, além da porta. Então, Vasto fingiu me cortejar. Simulava o galo, cortejador. Me humilhava a ponto de animal. Fiz conta que me encostava nesse engano, como se aceitasse aquele baixar da asa do mulato. E lhe adocei o gesto, ensonando-lhe os ombros com as mãos.

— *Tenho uma especial aguardentinha...*

Era isso que ele queria. Enchi o copo. Excelêncio bebeu e rebebeu. Até que uma tontura o deitou ao chão. O director delirava. Foi então que me deitei sobre ele. Assim mesmo, nua e húmida, coincidi com seu corpo, concavidei-me com ele. Excelêncio me enredou nos braços. Seus beijos transpiravam a quente espuma da bebida. O homem saltitava de nome em engano:

— *Marta! Tina... minha Ernestina!*

Em mim ele completou seus viris préstimos. Terminou com um rosnar de bicho. Separei-me de seu corpo, ansiosa por me lavar. Era como se os líquidos dele, dentro de mim, me azedassem mais que os prévios venenos. No espelho reconfirmei o sangue tingindo-me o peito. Enquanto me lavava, o mulato berrou, impondo mais bebida.

Voltei à sala e, de novo, lhe atestei o copo. No rebordo ficou uma marca de sangue. O director não notou logo aquela dedada vermelha no vidro. Bebeu de um trago o veneno e, tamboreando na barriga, mandou:

— *Enche mais, velha!*

O copo tombou, estilhaçando-se. E o corpo de Vasto Excelêncio caiu pesado em cima dos mil vidrinhos.

Décimo capítulo

QUINTO DIA NOS VIVENTES

Izidine vagueou todo esse dia com a imagem da feiticeira ratazanando-lhe o juízo. Lhe impressionara a extrema magreza dela. Os outros diziam que Nãozinha se alimentava apenas de sal. Trazia água do mar e despejava-a em cavidades das rochas. Deixava a água secar e depois lambia o fundo dessas cavidades.

A manhã estava húmida, tinha chovido durante toda a noite. As nuvens se abriram enquanto ele escutara a feiticeira. Simples coincidência? O polícia deambulou pelo pátio até ser atraído pelos gritos dos velhos. Aproximou-se. Os asilados rodopiavam à volta da árvore do frangipani. Caetano Navaia se trepadeirava pelo tronco e colhia pequenos bichos felpudos que, depois, entregava aos outros velhos. Naquela altura do ano, sempre que chove os troncos cobrem-se de lagartas, as matumanas. Os velhos comiam essas lagartas. Até Izidine conhecia aquele hábito. A enfermeira se juntou a ele para assistir ao espectáculo. O polícia mostrava, com gosto, que também conhecia aquele costume.

— *Não são as mesmas lagartas*, corrigiu ela.

— *Se não são as mesmas, são parecidas.*
— *Isso pensa você. Pergunte-lhes o que eles sonham depois de comerem estas matumanas.*
— *Diga-me você.*
— *Eles vão-lhe dizer que as borboletas lhes saem pelos olhos enquanto dormem.*

Diziam mais: que os insectos cresciam dentro deles, constituídos em borboletas carnudas, feitas da carne deles. Enquanto as borboletas lhes escapavam pelos olhos, eles iam ficando magros, vazios, até lhes restarem só os ossos. Rindo-se, concluíam: *Não somos nós que comemos os bichos. São eles que nos comem a nós.* Deliravam à custa dos sucos leitosos das matumanas.

— *Espero que haja algum que não coma matumanas. Senão você não vai ter ninguém para hoje lhe dar um depoimento.*
— *Quem sabe até ficam com a língua mais solta. Nunca ouviu falar do soro da verdade?*

Marta Gimo sorriu e se desculpou. Tinha que ir aos seus assuntos. O polícia acenou um adeus e chegou-se à árvore. Entendia juntar-se aos velhos na apanha das lagartas. Quem sabe, assim, lucrava mais confiança neles? Mas quando se preparava para apanhar a primeira matumana uma voz lhe ordenou que parasse.

— *Você não pode chegar perto...*
— *Porquê?*
— *Porque não pode...*

Obedeceu, contrariado. Os velhos não o aceitavam. O polícia não conseguia nem chegar perto. Como podia esperar que eles se abrissem e lhe contassem a verdade? A constatação, ainda que óbvia, o deixou abatido. E arrecadou-se no quarto, interdito ao mundo. Até que Nhonhoso veio ter com ele, ao fim da tarde. Bateu à porta e, antes mesmo que houvesse autorização, entrou e se deu assento.

— *Nós não lhe confiamos, inspector.*

— *Mas porquê? Só por eu ser polícia?*

Ele encolheu os ombros. E proferiu frases vagas, tudo dito a meios-tons. Que se passavam coisas no asilo, que o país se tinha tornado num lugar perigoso para quem procura verdades. E depois, existiam outras razões que eles, os mais velhos, já haviam pesado.

— *Será que, para vocês, eu não sou um homem bom?*

— *Você não é bom nem mau. Você simplesmente inexiste.*

— *Como inexisto?*

— *Você fez circuncisão?*

O inspector desconseguiu responder. Estava atónito. Então era aquilo? Ou seria simples pretexto, mais uma maneira de lhe atirarem poeira? Fosse o que fosse ele deveria saber contornar aquela inesperada barreira. E se aprontou a ser sujeitado a cerimónias.

— *Vão-me circuncisar?*

O velho riu. Ele já era demasiado adulto. Mas cerimónia, sim, havia que ser feita. Era condição para ingresso na família, a tribo dos mais crescidos. E seria aquela noite mesmo, se ele assim o desejasse. Izidine aceitou. O polícia estava desesperado, vendo o tempo se areiar entre os dedos. E se selou acordo. Nhonhoso saiu a avisar os restantes para que preparassem o ritual.

Passadas umas horas batiam à porta. Entraram Nhonhoso, Mourão, Navaia. Ordenaram ao polícia que se desroupasse.

— *Afinal vão-me cortar?*, perguntou aflito.

— *Sente-se aqui no meio.*

Nhonhoso puxou de uma roupa de Marta. Seguraram o polícia pela cintura e lhe enfiaram um vestido pelo pescoço. O polícia se olhava, incrédulo, fardado de mulher.

— *Nesta festa, você faz conta que é mulher.*

Começaram os cantos, os tambores, as danças. Nhonhoso o incitava a que dançasse e cantasse, tudo em versão feminina. Izidine representou o melhor que soube. Os velhos riram-se a fartar. Depois saíram e o polícia os acompanhou até ao quintal. Cansado, se deitou no passeio, sujeito aos frescos do fim da tarde. Fechou os olhos para, logo, os reabrir. Passos de um alguém o despertaram. Era Marta. Postou-se de pé, estranhando as vestes do polícia. Izidine se sentou, esfregou as mãos no rosto, limpou-se de vergonhas. E contou o sucedido. Ela se despregou em risada.

— *Eles gozaram às suas custas. E à custa de meu vestido.*

— *Desculpe, Marta.*

— *Venha comigo. Está uma noite bonita para duas mulheres passearem.*

Caminharam até ao frangipani. Marta apontou luzes que se acendiam na praia, bem junto ao mar.

— *São archotes. Os velhos acendem-nos para apanhar lagostas.*

Aquelas luzes ficavam a flutuar nas ondas e eram brilhos avermelhando as espumas. Marta parecia inclinada a poesias. Disse que a luz é mais leve que a água, seus reflexos ficam boiando como peixes lunares, algas de fogo.

— *São assim também as memórias destes velhos, flutuando mais leves que o tempo.*

Um volume estranho no vestido chamou a atenção do inspector. Retirou o chumaçudo objecto: era uma outra escama. Mostrou-a à enfermeira.

— *Sabe o que é isto?*

— *Isso, caro inspector...*

— Me chame de Izidine.
— Isto, Izidine, é uma escama de pangolim, o halakavuma...
— Ah, já sei. Esse que desce das nuvens para anunciar notícias do futuro?
— Afinal, você não esqueceu a tradição. Vamos ver se esqueceu outras coisas...

E lhe passou a mão pelo rosto, desceu-lhe carícias pelo peito. Desabotoava-lhe o vestido? Seu gesto o convidou a mais se aproximar. Parecia que ela lhe queria entregar um segredo. Colocou-lhe os lábios sobre o ouvido mas, em lugar de palavra, ela imitou o mar numa concha. Depois, com o braço, levou a que ele se deitasse.

— Os velhos não estão a ver-nos?

Marta sorriu, rolando para que ele ficasse sobre o seu corpo. Izidine a quis proteger colocando as mãos por baixo dela. Mas ela dispensou essa deferência:

— *Use melhor as mãos, eu estou bem almofadada.*

O polícia tinha experimentado tais doçuras? E eu, Ermelindo Mucanga, incorpado no amante, vi-me, de repente, escoar-me daquelas visões. A verdade é que, em Marta Gimo, eu acedia ao estado de paixão. E um "passa-noite" está interdito de se envolver em assunto dos vivos. Por isso, me deixei tombar em vazio, apagado de mim e do mundo. Tudo escureceu até que revi Izidine se erguendo, se afastando da enfermeira. O polícia esticou os braços, ajeitou o vestido. Olhou, ao fundo, a praia: já não havia archotes na praia.

— *Os velhos já não estão lá, na praia.*
— Não. Agora estão lá.

Marta apontou, no céu, as estrelas. O polícia se perdeu nos astros luzinhando no alto, imaginando serem archotes em mãos de velhos. E se preguiçou nesse silêncio até que ela perguntou:

— Sabe o que eu mais odiava nesse mulato?
— Em quem?
— Nele, em Excelêncio.
— O que era?
— Quando morreu Salufo Tuco pedimos que levassem o corpo para que fosse enterrado em Maputo. Uma vez mais esse mulato negou.

Marta via o helicóptero sair e entrar, entrar e sair. Traziam caixas e iam vazios. Várias vezes ela pediu que levassem doentes. Excelêncio sempre recusou.

— Afinal, eles tinham medo.
— Medo? Medo de quê?
— Tinham medo que nós os denunciássemos lá para fora...

O inspector, súbito, se interessou. Talvez demasiado. Acendeu a lanterna sobre o rosto dela. Queria saber quem eram esses "eles". E que denúncias seriam aquelas. A enfermeira desviou-se do foco:

— Você nunca vai entender. O que se está a passar aqui é um golpe de Estado.
— Um golpe de Estado?
— Sim, é isso que o deveria preocupar, senhor polícia.
— Mas aqui na fortaleza, um golpe? Izidine se riu, estupefeito. Francamente, Marta...
— Não é só aqui na fortaleza. É no país inteiro. Sim, é um golpe contra o antigamente.

Uma vez mais, Marta Gimo o apanhava em contra-mão. Desta vez, o polícia evitou milandear. Ela que falasse. E, realmente, falou:

— Há que guardar este passado. Senão o país fica sem chão.
— Eu aceito tudo, Marta. Quero saber apenas quem matou Vasto Excelêncio. Só isso.

Se fechou a conversa. O inspector se aprontava

para regressar ao quarto quando foi parado pelas gargalhadas de Marta. A enfermeira se divertia ao vê-lo, grave e assumido, envergando trajes de mulher. Ele abanou os braços, rodou sobre si mesmo. Encenou uma vénia. Marta se aproximou para lhe dar as despedidas. Desembrulhou uns papéis e lhos fez passar:
— *Leia isto.*
— *O que é isto?*
— *Uma carta. Leia-a.*
— *Uma carta de quem?*
— *De Ernestina.*

Décimo primeiro capítulo

A CARTA DE ERNESTINA

Sou Ernestina, mulher de Vasto Excelêncio. Rectifico: viúva de Vasto. Redijo estas linhas na véspera de me levarem para a cidade, enquanto andam por aí entretidos a vasculhar pela fortaleza. Nunca encontrarão o corpo de meu marido. No fim das buscas, levar-me-ão com eles. Irei em condição desqualificada, tida como alma incapaz. Não me pedirão testemunho. Nem sequer sentimento. Prefiro esse alheamento. Que ninguém me preste atenção e me tomem por tonta. Escrevo esta carta, nem eu sei para quê, nem para quem. Mas quero escrever, quero vencer esta muralha que me cerca. Durante anos vivi rodeada de velhos, gente que só espera pelo breve e certeiro final. A morte não é o fim sem finalidade?

Vasto morreu em mistério. Nem sequer teve enterro. Melhor assim: pouparam-me a hipocrisia do funeral. Não é a primeira vez que cruzo caminhos com a morte. O meu único filho morreu à nascença. Nunca mais pude ter filhos. Quando aconteceu o desfortúnio eu estava separada de Vasto. Pensava que seria definitiva essa separação. Vasto tinha sido destacado para dirigir o asilo de São Nicolau. Eu recusei acompanhá-lo. A nossa relação tinha-se gasto, eu me esgotara em sucessivas desilusões. Mas a morte de meu filho me deixou frágil, desamparada. Foi então que decidi reconciliar-me com Vasto e vir ter com ele. Dizem que as mulheres que vêem seus filhos morrer ficam cegas. Hoje eu entendo: não é que elas deixam de ver as coisas. Deixam, sim, de ver o tempo. Tornado invisível, o passado deixa de doer.

    O que eu sofri mais na guerra foi aquilo que não presenciei. Os horrores que aconteceram! Me diziam que Vasto, nos campos de batalha, se comportava sem moral, agindo da mesma forma que os inimigos a quem ele chamava de demónios. Eu escutava rumores dos massacres como se ocorressem num outro mundo. Como se tudo aquilo fosse coisa sonhada. E os sonhos são como as nuvens: nada nos pertence senão a sua sombra. Meus pertences eram sombras velozes sobre a terra. Escutava o que se murmurava sobre o meu marido. E chorava. Chorava sempre que comia. Grãos e gotas se misturavam nos lábios, não sabia que tristezas se me enrolavam na garganta. Minha vida me sabe a sal. Por isso me dá pressa de sair destas praias. Para esquecer, para sempre, esse sabor de maresia.

    Quando cheguei ao asilo confirmei as imoralidades de meu marido. Excelêncio negociava com os produtos destinados a abastecer o asilo. Os velhos não tinham acesso aos alimentos básicos e definhavam sem remédio. Às vezes me parecia que morriam espetados em seus próprios ossos. Mas Vasto era insensível àquele sofrimento.

    — *Como é possível você não fazer nada, você que tanto fala em nome do povo...*

    — *Os velhos estão habituados a não comer*, me respondia. *Comer, agora, até lhes havia de fazer mal...*

Como era possível Vasto ter chegado a tão pouco? No princípio, eu ainda amei esse homem. Seu corpo era a minha nação. Lhe dei nomes só meus, nomes que eu inventava por força de tanto lhe querer. Mas esses nomes nunca eu lhos revelei. Ficavam comigo, segredos que escondia de mim mesmo. Eu não confiava que ele soubesse cuidar desses enfeites que a minha ternura fabricava. Me veio a primeira vontade de me distanciar de Vasto. No início, era mentira. Eu era como o rio que, apenas em ilusão, se vai afastando da fonte.

Com o tempo, porém, se confirmava a autêntica natureza de Vasto. Como diz o velho Navaia: nós nada descobrimos. As coisas, sim, se revelam. O tempo me foi trazendo a verdadeira face desse homem. Deus me perdoe, eu deixei de o amar. Mais que isso: passei a ter-lhe ódio. Naquele momento, eu ainda queria explicação para a minha raiva. Hoje já não preciso nenhuma razão para odiar.

E encontrei modo de justificar: Vasto tinha servido na guerra. Participara em missões que eu preferia desconhecer. Viu muita gente morrer. Quem sabe foi ali, naquelas visões, que se extinguiu a sua última réstia de bondade? Estranha sucedência: a maior parte da gente era deslocada pelo conflito armado. Com Vasto sucedia o contrário: a guerra é que se tinha deslocado para dentro dele, refugiada em seu coração. E agora como tirar a malvada dos seus interiores?

Foi na guerra que Vasto Excelêncio conheceu Salufo Tuco, aquele que mais tarde se tornaria nosso criado. Salufo já tinha servido como soldado nos tempos coloniais. Era um homem estranho, feito de boas humanidades. Ninguém lhe dava a idade que realmente tinha. Não aparentava mais que cinquenta anos. Deveria, contudo, ter ultrapassado os setenta. Mas guardava muito da adolescência.

Se vestia com retalhos de tecidos, remendos mal costurados. Se apresentava assim para renovar memórias de sua inicial juventude. Recordava os primeiros pagamentos que recebeu como ajudante de alfaiate. O patrão era um indiano e lhe pagava o salário não em dinheiro mas em sobras de panos. Vestindo-se de remendos, Salufo se transferia para os perdidos paraísos da infância? Não sei. Uma vez lhe perguntei, ele negou. Retorquiu assim: a cobra pode reinstalar-se na pele que largou?

Não sei o que se passara no campo de batalha mas Salufo tinha estranhos deveres de fidelidade para com Vasto. Ele se transformou no seu braço direito. Salufo era quem descarregava a carga que os helicópteros traziam. Os velhos sempre queriam ajudar, movidos pela curiosidade de saber o que vinha nas caixas. Mas Vasto Excelêncio sempre os proibiu. Só Salufo podia manipular esses carregamentos. Ele os transportava às costas, sozinho, para o armazém que está fechado a sete chaves. Esse armazém é realmente a antiga capela da fortaleza. Se o lugar já foi sagrado agora ainda o é mais. Mil restrições rodeiam a antiga capela, convertida em depósito de mercadorias. Ninguém pode ali entrar, só Vasto Excelêncio. E Salufo Tuco, quando autorizado. Para mim era fácil entender: meu marido não queria que se conhecessem as reais quantidades de comida, mantas e sabão. Vasto não queria olhos mexericando em coisa que as mãos nunca iriam tocar.

Salufo executava os trabalhos domésticos em nossa casa. Eu gostava do seu convívio. Em seu corpo de gigante se escondia uma alma gentil. Salufo confidenciava muito comigo. Em suas palavras havia uma permanente queixa: se lamentava da condição dos asilados. E dizia que, nas aldeias do campo, os idosos tinham uma condição bem mais feliz. A família os

protegia, eles eram ouvidos e respeitados. Os anciãos tinham a última palavra sobre os assuntos mais sérios. Salufo lembrava antiguidades e seu rosto se meninava. Depois, no desfecho, se fechava em melancolia.
Um dia, Salufo Tuco me confessou que tinha decidido fugir. Fiquei triste: eu perdia não apenas um empregado mas um amigo. Mas ele estava decidido. E me pediu que não dissesse nada a Vasto. Apesar de triste, eu prometi cumplicidade.

— *Mas como é que vai passar por esses caminhos minados?*

— *Sou um militar, conheço os segredos da guerra. Sei como se põem e se tiram minas.*

Seu plano era levar com ele todos os velhos que estivessem cansados do asilo. Em segredo, ele já os vinha contactando. Quase todos aceitaram participar na fuga. Apenas uma meia dúzia recusou. Tinham medo de arriscar? Ou já tinham sido ensinados pela morte, resignados àquele pequenito destino?

À medida que se aproximava a planeada fuga eu me tomava de uma crescente angústia. Um devaneio de Salufo podia arrastar para a morte muitos daqueles velhos. Chamei-o e pedi-lhe:

— *Salufo, não vá assim, sem preparação.*

— *O que devo fazer, senhora?*

— *Eu estive a pensar. Consulte Nãozinha, ela pode abençoar sua viagem.*

— *A senhora, assim mulata, tão portuguesa de alma, a senhora acredita nessas coisas?*

— *Acredito, Salufo.*

Talvez só o tenha feito para me agradar mas Salufo aceitou. Nessa mesma tarde foi consultar a velha feiticeira. Não sei o que entre eles acertaram. Só sei que, essa noite, Nãozinha surgiu em minha casa. Para minha surpresa, ela me segurou ambas as mãos e me pediu:

— Você, Ernestina, não deixe ele partir. É que eu... eu não sou feiticeira de verdade.
— Não é?
— Nunca fui. Não tenho nenhuns poderes, Ernestina.

O seu corpo parecia pedir um consolo. Mas a sua voz não deixava transparecer nenhuma fragilidade. De qualquer modo, a reconfortei:
— Você tem poderes, eu sei.
— Como é que sabe?
— Isso é coisa que uma outra mulher sabe ver.

Nãozinha sacudiu a cabeça, não sei se negando as minhas palavras, se renegando seu passado de falsidades. Enquanto o grupo de fugitivos ultimava seus preparativos, eu vi que Nãozinha rezava, implorando baixinho:
— Não vá, Salufo, eu lhe peço pela fé de Cristo!

Mas Salufo haveria de partir com todos os outros. Tinha esperado pela noite. Em respeito a um pedido da feiticeira. Esta lhe havia dito: um viajante nunca deve partir no crepúsculo. Salufo encabeçava o grupo de velhos e acenou com um bastão antes de ser engolido pelo escuro. Se despediram do asilo soltando um "Ouooh" estranho. Depois, eu soube. Imitavam piares de mocho. Todo aquele barulho era para agoirar Vasto Excelêncio.

Fiquei toda a noite acordada, ansiosa. Temia a todo o momento ouvir explosões. Se um velho pisasse uma mina o estrondo ecoaria pela savana. Seria impossível que isso passasse desapercebido. Estava tão atenta naquela escuta que nem dei conta que Vasto não estava em casa. Surpreendi o seu regresso, pé-ante-pé, era já quase madrugada. Assustou-se quando me viu sentada na varanda.
— Tina!? O que estás tu a fazer?
— Nada. Não me vinha o sono, lá dentro.

— Eu... eu fui ver...
— *Deixa, Vasto, não fales. Não perguntei nada.*
A noite passou, afinal, sem incidente. Os velhos tinham passado a zona das minas. Me isolei neste quarto, desocupada de tudo e de todos. Marta ainda me veio ver umas poucas vezes. Mas eu não tinha palavras. Ela me segurava os braços, em silêncio. E ficávamos olhos nos olhos como quem contempla o sem fundo de um oceano.

Passaram-se dois meses, porém, Salufo Tuco voltou. Vinha triste, esfarrapado. Chegou e se instalou sem falar com ninguém. Entrou na arrecadação que lhe servia de quarto e recomeçou as suas tarefas diárias como se não se tivesse passado nada. Perguntei-lhe o que acontecera. Ele não respondeu. Demorou-se em inventados afazeres. Só no fim do dia se sentou e falou. Estava profundamente magoado. O mundo, lá fora, tinha mudado. Já ninguém respeitava os velhos. Dentro e fora dos asilos era a mesma coisa. Nos outros lares de velhos a situação ainda era pior que em São Nicolau. De fora vinham familiares e soldados roubar comida. Os velhos que, antes, ansiavam por companhia já não queriam receber visitantes.
— *Sofremos a guerra, haveremos de sofrer a Paz.*
Salufo explicava-se assim: em todo o mundo, os familiares trazem lembranças para reconfortar os que estão nos asilos. Na nossa terra era ao contrário. Os parentes visitavam os velhos para lhes roubarem produtos. À ganância das famílias se juntavam soldados e novos dirigentes. Todos vinham tirar-lhes comida, sabão, roupa. Havia organizações internacionais que davam dinheiro para apoio à assistência social. Mas esse dinheiro nunca chegava aos velhos. Todos se

haviam convertido em cabritos. E como diz o ditado — cabrito come onde está amarrado.

Quando Salufo contou isto aos amigos do asilo eles não queriam acreditar. Diziam que era invenção dele para eles desistirem de sair. Salufo lhes respondia: vocês são a casca da laranja onde já não há nem sobra de fruta. Os donos da nossa terra já espremeram tudo. Agora, estão espremendo a casca para ver se ainda sai sumo.

Depois, Salufo Tuco deixou de abordar o assunto. Se recusava lembrar o que passara naqueles dois meses, fora de São Nicolau. E eu entendia. Salufo tinha-se aguentado em casa de sobrinhos na base de uma mentira. O velho declarara ter bens e riquezas. Só para os mais novos tratarem dele. Salufo trocou mentira por um canto num lar. Saturado daquele mundo, decidiu voltar para São Nicolau.

— *Prefiro ser pisado por Excelêncio*. E acrescentou, em meio riso: *Para depois ser consolado pela senhora...*

E agora, Salufo, o que vai fazer? Era essa pergunta que eu deveria fazer. Mas preferi calar-me. Para quê martirizá-lo? Salufo pareceu adivinhar a minha dúvida. Levantou-se e disse:

— *Eu fui soldado. Sabe o que vou fazer?*

Me expôs o seu incrível plano: ele iria voltar a minar as terras em redor da fortaleza. Enterraria as mesmas minas que, lá na estrada, estavam a ser retiradas.

— *Eles estão a desminar. Eu vou começar a minar.*

Eu não cabia em mim. Tudo me parecia tão para além do real que eu nem sabia fazer perguntas. Como iria o velho se abastecer de explosivos?

— *Eu trouxe comigo, roubei. Ninguém me viu. Eles desplantam lá, eu planto maistravez deste lado.*

— Mas, você, Salufo...

— *Agora é que isto vai ser uma fortaleza de verdade!*
— *Estás maluco, Salufo?*
— *Não, senhora. Eles é que estão doidos.*
— *Mas para quê? Minar porquê, Salufo?*
— *Eu vi esse mundo. Não quero que ninguém venha aqui nos chatear.*
— *Mas aqui... quem é que vem?*
— *Hão-de chegar aqui, Dona Tina. Eles hão-de vir aqui quando o capim deles acabar, lá nas cidades.*

Eu sabia bem o que Salufo estava dizendo. Eu tinha estado na cidade e observara a ganância dos enriquecidos. Agora, tudo estava permitido, todos os oportunismos, todas as deslealdades. Tudo era convertido em capim, matéria de ser comida, ruminada e digerida em crescentes panças. E tudo isso mesmo ao lado de aflitivas misérias.

Salufo Tuco queria fechar caminhos ao futuro. E não ficava pela intenção. Se ocupou, com alma, a essa estranha missão. Dizia a Vasto Excelêncio que saía pelas proximidades para apanhar umas verdurazinhas, umas nkakanas para Nãozinha. Vasto parecia acreditar. Ou fingia. Porque aquele era um jogo mortal. Um dia, o velho iria pelos ares, aos despedaços. Salufo sacudia a grande mão no ar quando o meu marido o fingia advertir:

— *Estou imune às minas, patrão. Não esqueça eu já fui um naparama.*

Todas as madrugadas, ainda o sol não espreitara, ele saía com um saco e uma enxada. *Vou plantar, a terra se zanga se não plantamos nada. Os campos se amargam quando os homens os abandonam.* Vasto Excelêncio, mãos nos bolsos, parecia divertir-se vendo o criado se afastar. Salufo ainda se virava para trás e insistia:

— É verdade, meu patrão: esta miséria é vingança da terra.

Uma manhã, fui desperta pela voz de Vasto. Era ainda lusco-fusco. Meu falecido marido ralhava com Salufo, lá na arrecadação. Levantei-me para espreitar. Interrompi a zanga.

— O que se passa, Vasto?
— Este filho da puta abriu o armazém.

E ordenou que me retirasse. Aquilo não iriam ser cenas para mulheres. E realmente não. Ignorando minha presença, Vasto agarrou os remendos do velho e lhe exigiu explicação sobre o que ele tinha roubado. Salufo nem teve tempo para responder. Já a mão fechada de Vasto embatia com toda a força em sua boca. Salufo caiu. Sobre ele choveram pontapés. O corpo de Salufo saltava sob mando das pancadas. Vasto estava fora de si. Eu gritei, implorei para que deixasse o homem em paz. Por fim, deu pausa ao espancamento e, afogueado, gaguejou:

— Eu vou lá ver o que tiraste. Ai de ti, meu filho da puta!

Salufo Tuco não morreu logo. Quando Excelêncio o deixou estatelado ele ainda respirava. Seu corpo, no entanto, já estava paralisado. Pediu-me que chamasse os outros velhos. Saí correndo. Quando se juntaram em volta de Salufo, os velhos se espantaram com o seu pedido:

— Me amarrem no catavento!

Hesitaram, perplexos. Mas, depois, obedeceram. Salufo sempre falava do moinho de vento. Seus olhos visitavam as pás rodando e se inebriavam daquele movimento. E dizia: aquele ventinho lá é todo feito à mão. Haveria razões que me fugiam mas os velhos acederam ao seu pedido e o levaram lá para cima. Nem eu sei como conseguiram subir a escada do moinho de vento carregando aquele peso vivo. Amarraram-no às pás do catavento. Braços e pernas escancarados. Como ele queria: rente ao céu, à espera das ventanias. Há dias que nem brisa visitava os nossos céus.

Fosse magia, fosse coincidência mas, naquele exacto momento, sopraram os ventos e as hélices do moinho começaram a rodar. O velho rodava com elas, feito ponteiro de relógio. Cá em baixo nos angustiávamos vendo Salufo Tuco naquele carrossel. Ele, no entanto, parecia divertir-se. Gargalhava mesmo quando ficava de cabeça para baixo. Passou-se um tempo e, depois, ele se calou de olhos muito abertos. Me pareceu que tivesse desmaiado. De súbito, o vento parou. Salufo estava imóvel, como uma bandeira. O céu que ele tanto desejava parecia ter-lhe entrado pelos olhos. Foi então que surgiu Vasto Excelêncio. Vinha do armazém, pior que uma fera. Soprava babas e espumas. Seus olhos chisparam quando olhou Salufo suspenso no catavento. Não entendíamos como aquele ser, amarrado lá no alto, o pudesse irritar tanto assim. Aos berros ordenou que o desamarrassem e o trouxessem para baixo.

Assim fizeram. Quando depositaram seu corpo no chão já Salufo estava sem vida. Excelêncio, frustrado, ainda agrediu aquele corpo. Depois, praguejando, se afastou. Ainda hesitei em o acompanhar. Mas eu devia mais fidelidade a Salufo. E me juntei aos outros velhos que faziam roda junto do falecido. A medo me debrucei sobre ele. Então notei o modo estranho como o defunto nos contemplava. Parecia que tinha morrido todo seu corpo, menos o olhar. Assim mesmo: os olhos restavam vivos. Os velhos espreitavam, incrédulos. Nhonhoso era o único que não se admirava:

— *Então não há os vivos que têm os olhos mortos?*

Falava dos cegos. Seria natural, segundo ele, haver

mortos com os olhos vivos. Desviei a palavra daquela conversa. Havia ali maiores urgências.

— *Que fazemos com ele?*

Os velhos hesitavam no destino a dar àquele morto. Porque de Salufo se desprendia a suspeita de uma brasa sob a cinza. Quem sabia a certeza sobre o estado definitivo dele? E ficaram acenando-lhe, falando com ele, desfiando piadas. Até que, finalmente, o levaram para o enterrarem longe dali. Eu fiquei, imóvel, como que chamada pela própria terra. Por uns tempos, ainda escutei as gargalhadas de Salufo, como um eco vindo do tempo.

Disseram-me depois que no lugar onde o sepultaram se escutam zumbidos de moscas vindos das profundezas da terra. Sim, esses moscardos deviam ter descido à campa junto com Salufo. E quem passasse por ali ouvia os insectos zunzunando nos subterrâneos. Outros dizem ser Salufo Tuco ressonando em seu definitivo leito.

Pronto. Já escuto as vozes dos que me vêm buscar. Vou fechar este escrito, fechando-me eu nele. Esta é a minha última carta. Antes, já tinha deitado minha voz no silêncio. Agora, calo as mãos. Palavras valem a pena se nos esperam encantamentos. Nem que seja para nos doer como foi meu amor por Vasto. Mas eu, agora, estou incapaz de sentimento. Me impenetrei em mim, ando em aprendizagem de fortaleza. No final de tanta linha já sei a quem deixar esta carta. A Marta Gimo. Foi ela a última pessoa a me escutar. Seja em seus olhos que me despeço da última palavra. Agora, vou sonhar-me,

Tina.

Décimo segundo capítulo

DE REGRESSO AO CÉU

Nessa noite, enquanto Izidine dormia, eu fui chamado pelo pangolim. Subitamente exilado de meu hospedeiro, voltei ao meu lugar de morto, solitário e fundo. Me demorei uns momentos a transitar de visão. Até que me surgiu o pangolim. O bicho, enrodilhado, parecia dormir.

— *Dormir, eu? Acordo mais cedo que o céu.*

O pangolim se desenredou. E, sem intróitos, me atirou:

— *Aceite, Ermelindo. Tudo isto é muito perigoso.*

O pangolim me queria convencer a voltar definitivamente para o meu buraco. Eu devia deixar o mundo dos vivos. E autorizar que me nomeassem de herói.

— *Fique herói, só lhe chateiam de ano em ano.*

Habitar entre os vivos, só podia me trazer maldições. O inhacoso morreu quando queria certificar-se do que estava a ver. Deixe-se aqui, Ermelindo, aceite-se na sua cova. Deixe que eles venham promover-lhe em herói. Mesmo mentira isso lhe aleija? Você faça como o porco-espinho. Não é o espinho que dá tranquilidade ao porco-espinho? E será que o bicho se pica nos próprios espinhos?

Eu sentei-me no meu túmulo. Tomei o velho martelo entre as mãos. Com ele golpeei o chão. Não, eu não podia regressar agora. O mundo dos vivos era perigoso? Mas eu já tinha provado essa miragem. Além de tudo, me faltava pouco para chegar ao final dessa peregrinação pelo corpo de Izidine. Não estava o polícia condenado? Não tinha os dias descontados?

E havia mais, havia qualquer coisa que eu não podia confessar ao pangolim. Era o gosto que me dava ser roçado por existência de mulher. Marta Gimo me trazia a ilusão de voltar ao tempo em que amei uma inautêntica. Na cova eu não tinha acesso à memória. Perdera a capacidade de sonhar. Agora, alojado em corpo de vivente, me lembrava de tudo, eu era omnimnésico. Era como se vivesse de regresso, em viagem de ida e volta.

Me lembrava, por exemplo, do barulho da madeira sendo golpeada. E era como se estivesse sucedendo hoje esse tempo em que trabalhei na fortaleza. Em tempos de vivo eu me metia, logo cedo, a converter madeira em tábua, esquadrinhando a janela, rectangulando a porta. Um dia — como eu me lembro desse dia — me ocorreram vários indivíduos. Me puxaram pelos ombros e, maus modos, me interrogaram:

— *Não se envergonha de fabricar castigo para os seus irmãos?*

Irmãos? Esses a que chamavam de "irmãos" não tinham parentesco comigo. Eram revolucionários, guerrilheiros. Combatiam o governo dos portugueses. Eu não tinha coração nessas makas. Sempre estudara em missão católica. Me tinham calibrado os modos, acertadas as esperas e as expectativas. Me educaram em língua que não me era materna. Pesava sobre mim esse eterno desencontro entre palavra e ideia. Depois fui aprendendo a não querer do mundo mais que o meu magro destino. A única herança que recebi foi a pobreza. A única prenda que me deram foi o medo. Me deixassem nessa conformidade.

Os outros contratados, porém, me apertavam exigência. Eles, por exemplo, só fingiam trabalhar. Na realidade, criavam era dificuldade e emperramento. Só eu levava a sério as obras da cadeia. E disso me acusavam: eu trabalhava de traidor, carrasco dos justos. Ri-me na cara deles. Que atentassem no caso de Jesus. Alguém lembra o carpinteiro que oficinou o crucifixo? Alguém lhe deita as culpas? Não. Mão pecadora foi a que pregou os pulsos do Senhor.

— *Você pára de martelar ou nós te martelamos os cornos.*

Quem fala consente? Fiquei calado. Olhei os mamparras. Me pareceram aranhas. Daquelas aranhas enormes que depois de mortas se reduzem a ínfima ninharia. Sorri, desdenhador. Um deles me abanou ameaças:

— *Os traidores pagam. Consigo, vai ser a berro e fogo.*

Regressei à minha cubata. Me fechei, como era usual, na totalidade do escuro. No meu quarto não havia pano. Porta e cortinas eram de madeira: não havia raio de luz que ali penetrasse. Nessa noite, me custou ficar em mim. Meus olhos se alongavam a ponto de colher antigas tristezas. E se me inundaram as pestanas, encharcadas de tristezas. Chorava, afinal, de quê?

Na manhã seguinte, eu me dirigi ao capataz. A mulher me atendeu e me mandou aguardar. O marido ainda matabichava. Mas eu estava tomado de tanta ansiedade que invadi a sala. O homem perplexou-se com meu pedido:

— *Patrão: eu não quero trabalhar mais na fortaleza.*

Improvisei um farrapo de desculpa. Que a serradura me entranhara o peito. Que eu estava como o mineiro com os pulmões a céu aberto. Já tossia mais que respirava. O homem aceitou. E transferiu-me para os trabalhos da praia. Ali, junto às rochas, construía-se um ancoradouro. Num breve futuro, barcos cheios de prisioneiros chegariam por aquela via. Só atracariam se se vencesse a barreira das rochas. Dias e dias eu casei tábua com tábua, aumentando o encosto da terra. Tocava a despegar, todos dispersavam. Só eu me deixava olhando o mar, esse terraço luminoso. Ali eu ganhava conforto de uma ilusão: nada na minha vida se havia perdido. Tudo eram ondas, em vaivências.

Foi nessa altura que comecei a receber a mais estranha e doce das visitas. A primeira vez quase faleci de susto. Eu já dormia quando senti uma mão me tocar. Me assaltavam para desconto de vida? Não, o intruso me dedicava açucarosas carícias. Eu sentia o seu respirar, enervando o ar. Seus lábios me dedilhavam a pele, parecia que soletrava meus contornos. Depois, me mordiscou o pescoço. Eu não lograva adivinhar quem era. Seu rosto não se oferecia a conhecer. Depois, o vulto descia em mim, rodava os braços por meu peito. Colava-se nas minhas costas, eu sentia suas redonduras se colando em mim. Os seios, o ventre, as nádegas. Nada neste mundo é mais redondo que nádega de mulher. Seu corpo se converteu em meu balouço, meu desaguadouro, meu ancoradouro. Minha amante anonimada muito me passou a frequentar. No final de umas incontáveis noites, a visitadora já me sabia na ponta da língua.

Nos seguintes dias eu vivia a única obsessão: adivinhar quem seria a nocturna visitadora. Por um tempo, acreditei ser a esposa do capataz. Não era apenas o seu corpo que me sugeria semelhança. Era, sobretudo, a atitude nervosa do marido. O capataz desconfiava dessas fugas amorosas? Nunca eu viria a saber.

Certa vez, a mulher do capataz me fez parar. Comentou o meu pouco aspecto. Trabalhava eu demasiado? Ou me consumia em afazeres de paixão? A mulher sorria, malandra. Eu gaguejei um silêncio. Ela me sossegou: *não se preocupe, Ermelindo Mucanga, os homens amam sempre irrealidades, perseguem fantasmas de mulher.*

Essa noite eu aguardava com ansiedade a chegada da visitadora. Estava certo, agora, da sua identidade. Senti que ela entrava na cubata e se dissolvia no escuro. Suas mãos me tocaram, eu senti esse arrepio me relampejar o corpo. Eu sabia o que vinha a seguir e ofereci o pescoço. Esperava o lábio, o dente, a língua. A mulher demorou a carícia. Até que senti o seu hálito quente me humedecendo o ouvido. Foi quando os dentes, violentos, se cravaram na minha carne. Me admirei mais foi com meu próprio grito. Não sei se se ouviram os demais berros que não contive. Porque esse último intruso, soube-o tarde de mais, era o meu carrasco.

A única que eu amara, em toda a minha vida, tinha sido uma mulher cheia de corpo mas sem nenhum rosto. E ocorria duvidar-me: será que, em vida, eu tinha amado um xipoco? Não teria sido isso que me matou? E agora, sendo eu mesmo um xipoco, me apaixonava por um bem real vivente. Ela, Marta Gimo. A enfermeira dava corpo à visitadora de minhas noites na cubata. Como se tivesse sido sempre ela, em linhos e desalinhos. Marta me reacordava essa visão, inebri-

lhante. Como um bicho subterrâneo, a lembrança me escavava no peito um outro coração.

O pangolim escutava, agora, a minha confissão. Adivinhava as partes que omiti? O bicho se desencolheu ainda mais:
— *Você se escolhe, meu irmão. Quer ser toupeira ou caranguejo?*
O pangolim tinha medo de perder-me a companhia. E me advertia: *você se cautele, Ermelindo: coração que ama engrandece. Mas o amor cresce mais rápido que o peito. Você tem costelas que cheguem?* Aí, nós discutimos. Quem se pensava o pangolim? Com tantas antiguidades já a língua lhe era maior que a boca. Bem vistas as contas, ele próprio já andava em aflições de magia. A última vez que descera à terra tombara em tais desamparos que desconjuntara escamas às porções.
— *Não é nada, é a luz que me faz ficar cego.*
Eu conhecia o argumento do halakavuma. Andamos a aprender o mundo mesmo ainda quando estamos em ventre de mãe. No redondo da barriga, aprendemos a ver mesmo antes de nascer. Os cegos, o que são? São aqueles que não tiveram tempo para acabar de aprender. Palavra de pangolim, já eu há muito a sabia de cor e sal tirado.
Mas no buraco da cova, durante a minha morte, eu estive cego por dentro. Não podia ver o meu passado, perdera a lembrança. Não é que estivesse realmente invisual. Era pior ainda. Estava como o cão que perdeu o cheiro. Há coisas que aprendemos para nos longear do bicho que somos. Essas aprendizagens custam tanto que nem delas nos lembramos. Um desses esquecimentos que nos obrigaram foi o

de que, em nós, os dentes não têm serviço de morder. Pela misteriosa mulher visitadora eu soube como o dente pode, a um mesmo tempo, ser lâmina e veludo. Pela mordedura da última noite aprendera a definitiva lição da morte.

O martelo em minha mão voltou a pesar. Tinha chegado o momento de escolher: eu voltava ao lado da vida, me refugiava de novo em Izidine Naíta. Eu gostava já do moço, ele era feito de boa humanidade. Com ou sem as licenças do halakavuma eu decidia voltar à vida.

Décimo terceiro capítulo

A CONFISSÃO DE MARTA

O culpado que você procura, caro Izidine, não é uma pessoa. É a guerra. Todas as culpas são da guerra. Foi ela que matou Vasto. Foi ela que rasgou o mundo onde a gente idosa tinha brilho e cabimento. Estes velhos que aqui apodrecem, antes do conflito eram amados. Havia um mundo que os recebia, as famílias se arrumavam para os idosos. Depois, a violência trouxe outras razões. E os velhos foram expulsos do mundo, expulsos de nós mesmos.

Você se há-de perguntar que motivo me prende aqui, nesta solidão. Sempre pensei que sabia responder. Agora, tenho dúvida. A violência é a razão maior deste meu retiro. A guerra cria um outro ciclo no tempo. Já não são os anos, as estações que marcam as nossas vidas. Já não são as colheitas, as fomes, as inundações. A guerra instala o ciclo do sangue. Passamos a dizer: "antes da guerra, depois da guerra". A guerra engole os mortos e devora os sobreviventes. Eu não queria ser um resto dessa violência. Ao menos, aqui na fortaleza, os velhos intentavam outra ordem na minha vivência. Eles me davam o ciclo dos sonhos. Seus pequenos delírios eram os novos muros da minha fortaleza.

Houve tempo que a cidade ainda me tentou. E ainda ensaiei me instalar por aquelas bandas. Mas eu lá adoecia de um mal que não tem nome. Era como se desaprendesse as mais naturais funções: escutar, olhar, respirar. Houve um tempo em que pensei poder mudar esse mundo. Mas hoje desisti. Aquele é um corpo que está vivo graças à sua própria doença. Vive do crime, se alimenta de imoralidade. Você, por exemplo, lá na polícia. Você não se interroga quanto tempo vai levar até ficar contaminado pela doença dos subornos? Sabe bem a que me refiro: investigações que se compram, agentes que se vendem. Tiraram-lhe a investigação dos negócios de drogas. Transferiram-no da secção de estupefacientes. Porquê? Você bem sabe, Izidine. E por que motivo o enviaram para aqui, longe dos rebuliços? Deixe, eu mudo de assunto. Afinal, é sobre mim que me devo espraiar.

Vê aquele edifício, além, todo em ruínas? Aquilo já foi uma enfermaria. Era ali que eu trabalhava. Recebia medicamentos da cidade. Mas o asilo foi atacado, semanas após eu ter chegado. Os bandos entraram aqui, roubaram, mataram. Lançaram fogo sobre a enfermaria. Morreram duas velhas. Não morreram todos graças a quem? Espante-se, caro Izidine. Graças a Vasto Excelêncio. Se admira? Pois foi Vasto que entrou pelas chamas adentro, arregaçando coragem e salvando os outros doentes. Do edifício restaram chamuscadas paredes.

Depois da tragédia, eu fiquei como aquelas ruínas. Sobretudo quando soube que a principal razão do ataque tinha sido eu própria, Marta Gimo. Os bandidos me queriam raptar, conduzir-me para os acampamentos deles. Levei tempo a refazer-me daquele incidente.

Nunca me refiz totalmente. A guerra deixa em nós feridas que nenhum tempo pode cicatrizar.

Pedi a Excelêncio que mandasse vir novo recheio para reinstalar o centro sanitário em meu próprio quarto. Nessa altura, já tinha deixado de dormir sob aquele tecto. Mas os helicópteros militares que iam e vinham não tinham disponibilidade. Havia outras prioridades, me respondia Vasto Excelêncio. Perdi essa possibilidade de me reinventar. Reconstruindo a enfermaria eu muito me teria refeito.

Sem o centro e sem medicamentos eu me privei de motivos de viver. Não pode imaginar como me era imprescindível o trabalho na enfermaria. Aquele era o meu hospitalinho, ali eu me exercia a bondades. Deve compreender: eu fui educada como uma assimilada. Sou de Inhambane, minhas famílias já há muito perderam seus nomes africanos. Sou neta de enfermeiros. A profissão me reaproximava da família que eu há muito perdera. Não que o trabalho na enfermaria tivesse sido fácil. No princípio, eu quase desistia. Entrava no aposento e sentia o cheiro a coisa apodrecida. Eu perguntava sobre a origem de tais odores. Os velhos apontavam o vão das bocas. Aquele bafo provinha das almofadas, das nocturnas babas dos desdentados. Ainda acreditei. Depois, vi que não era assim. O cheiro vinha das sobras de comida que eles escondiam debaixo dos travesseiros. Protegiam esses restos com receio de serem roubados. Os velhos fabulavam tanto que às vezes inventavam comidas que, sob os travesseiros, nem chegava a haver.

Vou-lhe dizer: estas histórias que você está a registar no seu caderno estão cheias de falsidades. Estes velhos mentem. E mais irão mentir se você continuar a mostrar interesse neles. Há muito que ninguém lhes dá importância. Uma das mentiras era do Salufo, dizendo que era querido pela família. Não era verdade. Ele fazia de conta que tinha posses só para ser amado. Nãozinha se inventou de feiticeira. Tanto que acabou por duvidar de seus poderes. Também eu me refiz de mentiras, como se a mentira fosse a pele que nos protegesse mas que, de tempo em tempo, nos tivéssemos que desfazer.

Há muito tempo, antes de vir para este asilo, fui enviada para um campo de reeducação. Me desterraram nesse campo acusada de namoradeira, escorregatinhosa em homens e garrafas. Nenhum dos meus colegas, no Hospital, se levantou para me defender.

Hoje, lhe digo, inspector: a vida é um cigarro. Eu gosto apenas é da cinza, depois do cigarro fumado. Nesse campo em que cumpria a sentença eu me degradava a custo de sexo, bebida e seringa. Nem queria saber de futuros. Me interessava apenas o instantâneo momento. O voar não vem da asa. O beija-flor, tão abreviadinho de asa, não é o que voa mais perfeito?

Foi nessa circunstância que Vasto Excelêncio me encontrou. Ele tinha poderes, me retirou dali na condição de eu exercer enfermagem no asilo. Foi assim que vim parar aqui, nesta fortaleza. No início, me inconsolava com este degredo. Para além da enfermaria, não tinha com que desocupar o tempo. De tal maneira que deixei de sonhar. Só os pesadelos me visitavam. Eu estava aleijada desse órgão que segrega as matérias do sonhar. Eu estava doente sem doenças. Sofria dessas maleitas que só Deus padece. Aconteceu assim: primeiro, me acabou o riso; depois, os sonhos; por fim, as palavras. É essa a ordem da tristeza, o modo como o desespero nos encerra num poço húmido. Foi isso mesmo que sucedeu com Ernestina. Espere, já chego nela. Eu quero só que entenda a total carência que, no momento, pesava em minha vida.

Foi nesse afundamento que me apaixonei por

Vasto. O amor não é o irremediável remédio? Um dia, ele se chegou e me surpreendeu em flagrante lágrima. Me enxugou o rosto. Não sei se conhece o mandado: quem limpa lágrima de mulher fica amarrado em nó de lenço?

Eu e Vasto nos passámos a encontrar de noite. No princípio, ele me pareceu falso como o azul que está no mar sem lá se encontrar. Mas tudo esconde intrincados segredos. Falo da água, do mar. Que posso eu saber? Os únicos que conhecem a verdadeira cor do mar são as aves que olham de um outro azul. Me faço desentender? É que eu conheci Vasto, um homem cheio de angústia, num momento em que eu própria me estreitava, amarga e pouca. Vasto se sentia traído. Os melhores anos de sua vida ele os dera à revolução. O que restava dessa utopia? No início se descontaram aparências que nos dividiam. Com o tempo lhe passaram a atirar à cara a cor da pele. O ele ser mulato esteve na origem daquele exílio a que o obrigavam. Desiludido, ele não se aceitava. Tinha complexo da sua origem, da sua raça. Nessa altura eu não sabia que, bem vistas as contas, todos nós somos mulatos. Só que, em alguns, isso é mais visível por fora. Vasto Excelêncio, porém, foi ensinado a dar-se mal com sua própria pele. Falava muito sobre a raça dos outros. Castigava de preferência o pobre Domingos. Para que ficasse patente que não privilegiava os brancos. Exercer maldades passou a ser a única maneira de ele se sentir existente.

Todavia, eu cheguei a amar esse homem. Confesso-o, não fique ciumento. Eu o desejava, sim, ele inteiro, sexo e anjo, menino e homem. Se era bonito? E isso o que interessa, me pergunto. Quem quer saber de beleza? Num homem eu quero é tocar a vida. É isso que eu quero. Quero sentir-me pequena, estrela em céu, grão em areia. Rectifico: era isso que eu queria. Nessa altura, eu ainda via os homens como as aves entendem a nuvem: um lugar onde se pode passar mas nunca habitar. Mas tudo isso foi noutro tempo, eu era ainda uma menina. Vasto ainda me dedicava estranhos namoros. Antes de me tocar pedia-me que chorasse. As lágrimas me escorriam e ele as sorvia como se fossem a última água. Aquela era a fonte que lhe dava alento. Mais que minha própria carne. Hoje, que já não choro, entendo Vasto. Pela lágrima nos despimos. O pranto desoculta a nossa mais íntima nudez.

Até que engravidei. Meu corpo, em segredo, se declarava portador de outro corpo. Não quis dizer a ninguém. Eu trazia a barriga à socapa, não se notava nenhuma redondura. Mas, para meu espanto, Ernestina me visitou um desses dias. E me perguntou:

— *Quando será?*

Eu nem sabia responder. Ernestina parecia deter não apenas aquele segredo mas toda a minha vida mais privada. Me encarou fundo, sem nenhuma raiva. Só uma mulher pode olhar assim. Eu já nem dava conta de meus olhos. De que serviço eles se ocupavam quando fixavam Ernestina? Me abri, honesta como um diário de adolescente. E lhe disse:

— *Vou tirar esta criança.*
— *Vai tirar como?*
— *Sou enfermeira, sei como fazer.*

E me fechei, calada. Que palavras eu podia ajeitar, naquele momento? A mulher do director se baixou sobre mim e colocou-se à distância de uma maldade. Ernestina me queria punir por minhas leviandades? Não. Ela simplesmente se ajoelhou e encostou a palma da mão no meu ventre. E ficou assim, sonhatriz.

— *Nota-se assim tanto?*, perguntei.
— *Eu notei antes mesmo de acontecer.*

Depois, tristonta, ela implorou:
— *Me entregue esse menino.*
Ernestina me segurava a mão. Fiquei um tempo sem saber o que pensar. Não, não havia que hesitar: eu tinha que interromper aquela gravidez. Abanei a cabeça a mostrar o impossível do pedido. Ernestina se levantou com modos solenes, parecia acabada de comungar. Olhei para ela, cheia de espanto. Já antes eu notara suas estranhezas. Ela costumava se anichar, horas, na sombra do frangipani. Orava? Falava com Deus? Ou simplesmente adiava o gosto de viver? Há muito tempo eu também rezei, rezei muito. Depois desisti. Rezamos tanto mas sempre os dias são mais que o pão.

Dessa vez, Ernestina me voltava a surpreender. Ela entendera quanto eu recusava ser mãe. Rodou pelo quarto como se procurasse qualquer coisa. Depois, parou à minha frente e começou a desabotoar a blusa.
— *Veja!*

Seus seios, cheios, me desafiaram. A beleza dela estava ali em instigante montra. Ela se provocava, acariciando os próprios mamilos. Passeou as mãos pelo peito, desceu-as ao ventre. Seus dedos namoravam consigo mesmo. Se chegou a mim, baixou a voz, insinuosa:
— *O menino há-de mamar aqui, nestes seios de mulata.*

E assim mesmo, sem se compor, bateu a porta e saiu. Depois de ela se retirar fiquei sem palavra. Dentro da boca faz sempre sombra. Mas eu estava em inteira penumbra. Deixei-me entardecer nessa ausência de mim mesma. Até que, às tantas, o próprio Vasto Excelêncio deu aparição. Vinha grave. Antes mesmo de me saudar, disse:
— *Já sei.*

Ao contrário de Ernestina, ele não me dedicou

nenhum afecto. O homem fugia-se, enevoado. Mentia ou se revelava agora tal igual era? O orvalho é falsificador de pérolas? Vasto abordou o assunto, rápido. Aquela barriga devia ser corrigida o mais rápido possível. Sendo ele o único homem em função, ali no asilo, as suspeitas recairiam sobre ele. Sim, quem mais podia ser o autor? E ele, coitado, até podia perder posto e vantagens. Eu sorri, em desconsolo. Vasto entrara no pilão mas queria sobrar intacto. Homem é homem? Ou, simplesmente, não há nariz sem ranho? Quando dei conta, as lágrimas me escorriam, rosto abaixo. Ainda pensei que Vasto se inclinasse a beber aquelas gotas. Mas não. Nunca mais eu lhe voltaria a servir de fonte.

Nãozinha me visitou essa noite. Também ela já sabia da gravidez. A velha trazia um sorriso de anjo. *Agora, não preciso de inventar*, disse. *Vou ter um de verdade, um menino para amamentar.*

E já ela, no arco dos braços, ensaiava um embalo de ninar. Fiquei de olhar vago, fumacento. O meu estado, as palavras de Nãozinha, tudo me parecia irreal.

Nãozinha se deixou ali, adormecendo na cadeira. Não me podendo ordenar por dentro fui arrumando coisas até que a feiticeira despertou em sobressalto. Abanava a cabeça, enxotando um mau presságio.

— *Não tenha, não tenha essa criança!*

E sem mais, agitando os braços, a velha se desatou do meu lugar. Sobrei ali, crepuscalada, sem saber o que pensar. A quem eu, afinal, haveria de obedecer? A Vasto, preocupado só consigo mesmo? A Nãozinha mais seus azedos pressentimentos? Ou a Ernestina, querendo ser mãe em filho de outra? Pensando bem, a fortaleza não tinha condição para nascenças. Por outro lado, eu também não tinha vontade de sair dali. Me dava conta que me afeiçoara ao lugar, àquele mesmo lugar que tanto maldiçoara. Por herança do hábito, me costumei a aceitar destinos, sem nunca assanhar os deuses. Confusa, incapaz de tomar decisão, fui dando andamento à minha barriga.

Este mundo tem suas trapaças. Em lugar de Vasto, passei a ser visitada por Ernestina. Me trazia comidas e doces que ela preparara. Me aconselhava a descansos e anexas sopas. Era como se aquela criança fosse já sua, como se a minha barriga crescesse em seu próprio ventre. Lhe disse de minhas dúvidas. Eu ainda ia a tempo de desencomendar o feto. Ela levou as mãos ao rosto, afligida:

— *Não, não faça isso.*

Não o faça, repetia, agarrando-me as mãos. Soltei os braços, lhe segurei o rosto. A mulher falava sem pausa, não se dando tempo a respirar. Tive que erguer a voz:

— *Mas Vasto não quer esta gravidez.*

— *Vasto não tem nada com este assunto. Esse menino que você traz consigo é meu filho, você fez amores foi comigo não foi com Vasto. Entende? Esse é o nosso filho, só nosso.*

As palavras dela me assustavam. Senti uma terrível urgência de me ver livre daquela conversa. Fui abrupta:

— *Vasto é o pai. Eu tenho que o ouvir.*

Ela caiu em si, como se tivesse sido espancada. Deixou cair a cabeça sobre o peito e ficou lutando consigo mesma até que, levantando o cabelo da testa, me disse:

— *Se esse menino morrer, Vasto morrerá também!*

Me senti acudida pela força daquelas palavras. Ernestina não enchia a boca de falsa promessa. Ela já não tinha as costas quebradas. Assumia porte de rainha. Com essa altivez, pousou a mão em meu ombro e me sossegou:

— *Não se preocupe, me entregue o menino. Eu vou levá-lo para longe, lhe dou um bom crescer.*

Nos restantes meses, toda eu me dediquei a arredondar. Mais eu me luava e mais Ernestina tonteava por descondizentes palavras. Já se dizia também ela ser mãe. Tomava ela mesma as preventivas vitaminas. Fazia respirações em preparos de parto. E bordava roupinhas. Me apontava e se incluía:

— *"Nós, ambas as mães!"*

O impensável aconteceu: também o ventre de Ernestina inchou, circunsequente. Era gravidez da autêntica? Ou era obra de fantasia? Na minha terra a gente costuma perguntar: uivar de cão se escuta de dia? Vasto, surumático, aguardava o primeiro helicóptero. Exportaria a incessante esposa. Ernestina não dizia coisa nem coisa. O helicóptero veio e embarcámos as duas. Rumámos à cidade, nos internaram em distintos hospitais.

Na noite que antecedeu o parto fui assaltada por estranhas visitações. Em sonho me apareceram os velhos do asilo. Traziam-me flores de frangipani. Me rodearam como se de um velório se tratasse. Nãozinha pousou as mãos no meu leito e me contou as recentes ocorrências:

— *"Ontem, lá na fortaleza, se deu a espantável acontecência. De repente, o céu se cobriu de morcegos. Os bichos, a surtos e sustos, saíram do armazém onde Vasto Excelêncio escondia suas mercadorias. Cinzentos, da cor dos mortos, os vampiros enevoaram o mundo. Um eclipse, parecia. Os bichos rasaram as casas, exibindo dentes e mandíbulas. Se escutaram suas asas como manuais helicópteros militares. Os velhos, aflitos, se abrigaram. Então, os morcegos desataram a atacar as andorinhas. Em plenos ares, eles as devoravam. E eram tantas as avezinhas sacrificadas que respingavam gotas vermelhas em toda a parte. As plumas dançavam pelos ares, caindo com gentileza sobre o chão. Parecia que depenavam as próprias nuvens. Nesse dia, choveu tanto sangue que o mar todo se tingiu."*

Acordei com o médico a meu lado. Me segurava a mão e me dizia:

— *Tenho tanta pena! Fizemos tudo o que pudemos.*

Naquela noite, eu perdera meu filho. Ernestina perdia o seu segundo menino. Olhei o meu corpo, já desabastecido de volume. Teriam os deuses atendido meus ocultos desejos de não ser mãe? De repente, ali sobre os lençóis, uma visão me sobressaltou. A meu lado estavam brancas flores do frangipani. E adormeci ao consolo daquele perfume.

Quando regressei ao forte tudo estava como eu deixara. A indiferença de Vasto. A loucura de Ernestina. A ternura dos velhos que me receberam como se, na realidade, eu me tivesse ascendido a mãe. E precisei de aprender a reter as lágrimas quando eles me tratavam de "mamã". Esses mesmos velhos me ensinavam a cicatrizar essa ferida que rasgara meu útero e minha alma.

Entende agora a verdadeira razão por que eu durmo sem tecto? É que, na minha terra, as mulheres em luto só se podem deitar ao relento. Até que da morte sejam purificadas. Mas, em mim, a mancha da morte não tem água em que se possa lavar.

Um dia, mais refeita, decidi visitar Ernestina. Ela regressara do hospital, sem a devida cura. Nesse enquanto, ela emudecera. A escrita era sua única palavra. Se encerrava no quarto, envolta em penumbra. O papel era sua única janela. A última dessas cartas é essa que lhe entreguei. Lhe passei esse papel com o mesmo coração com que, agora, lhe entrego estas minhas palavras. Como se desembrulhasse as roupas que cobrem o nosso comum filho. Meu e de Ernestina.

Décimo quarto capítulo

A REVELAÇÃO

Era a última noite. Marta veio chamar o polícia. Seu rosto refrescou uma fresta na porta. Pedia as licenças:
— *Hoje sou eu a depor?*
Não esperou que ele respondesse. Veio à cadeira do inspector e o puxou pela mão:
— *Venha!*
Conduziu-o pelo caminho de pedra até ao seu quarto. Antes de abrir a porta, ela se virou bruscamente. Deu-lhe um beijo, ao de leve. Passou-lhe os dedos sobre os lábios como se esculpisse uma despedida no relevo da sua carne. Depois, abriu a porta. Os velhos estavam todos naquele aposento: Navaia Caetano, Domingos Mourão, Nãozinha, Nhonhoso. O polícia entrou e ficou andando para a frente dando passos para trás.
— *O que se passa?*
Mourão fez um gesto com a mão, sugerindo que ele se calasse. A feiticeira se ergueu. Estava vestida a rigor de cerimónia. Afinal, era isso? O inspector constatava estar em pleno ritual de adivinhação. Nãozinha se dirigiu para ele e fez escorregar qualquer coisa entre as suas mãos.

— É a última.
Izidine olhou: era mais uma escama de pangolim. A feiticeira ordenou que se sentasse. Balançou-se diante dele, olhos cerrados. Depois de um tempo disse:
— O halakavuma é que devia aparecer, descido lá do céu.
Nos dias de hoje, porém, o bicho já não sabe falar a língua dos homens. Nãozinha se lamentava: *quem nos mandou afastar das tradições? Agora, perdemos os laços com os celestiais mensageiros.* Restavam as escamas que o halakavuma deixara escapar da última vez que tombara. Nãozinha as tinha apanhado junto do morro de muchém. Aquelas eram as últimas réstias do pangolim, os derradeiros artifícios dos aléns. Em cada noite, uma dessas escamas tinha trabalhado a alma do inspector. Agora ele era chamado a prostrar-se no chão, bem ali ao dispor de mãos feiticeiras. Nãozinha espalhou nele as cascas do pangolim: sobre os olhos, a boca, ao lado dos ouvidos, nas mãos. Izidine ficou imóvel, escutando as revelações que se seguiram. Os relatos se misturavam, os velhos falavam como se tudo estivesse ensaiado. Nãozinha atropelava sílabas em salivas. E desatava discurso:
"*Sabe como faz o halakavuma? O bicho se enrola a esconder a barriga, onde ele não tem escamas. Só de noite ele se desenrola, no cuidado do escuro. Você, inspector, devia aprender esses cuidados. Deveria ter tido maneiras para rondar por aí. Mas não. O senhor espantou a verdade. E, agora, o que faz? Agora, parece o javali que foge com o rabo em pé. Se acautele, inspector. Lá, em Maputo, o senhor está a ser perseguido. Não lhe transferiram de secção? Não lhe ameaçaram? Por que não segue a lição do pangolim? Por que não se enrosca a proteger as suas descamadas partes? O senhor não sabe mas eles o odeiam. Você estudou em*

terra dos brancos, tem habilidades de enfrentar as manias desta nova vida que nos chegou depois da guerra. Esse mundo que está chegando é o seu mundo, você sabe pisar na lama sem sujar o pé. Eles devem calçar o sapato da mentira, a peúga da traição. A verdade é esta: o senhor deve deixar a polícia. Você é um fruto bom numa árvore podre. Você é o amendoim num saco de ratos. Vão devorá-lo antes que você os incomode. O crime é o capim onde pastam os seus colegas. Não sabe como se faz com o capim: há que cortar sempre não para que acabe mas para que cresça ainda com mais força. Temos pena de si pois é um homem estúpido. Isto é, um homem bom. Tiraram-lhe do charco dos sapos e você se meteu no charco dos crocodilos."

As palavras pareciam sair-lhe não da boca mas de todo o corpo. Enquanto falava ela sofria de convulsões, escorriam-lhe babas pelo pescoço. Até que a feiticeira se enclavinhou, em espasmo. Todos se suspenderam, ávidos pela palavra que se seguia:

— *Cuidado! Vejo sangue!*

— *Sangue!?*, se espantou o polícia.

— *Eles virão aqui. Virão para lhe matar.*

— *Matar-me? Quem me vai matar?*

— *Eles virão amanhã. Você já está perdendo a sombra.*

Nãozinha acelerava o transe. Era como se o corpo dela se animasse de viva labareda:

— *Amanhã será. O assassino eu o estou a ver. É o piloto. É esse mesmo que o trouxe de helicóptero. Esse é quem o vai matar. Não é vontade dele. Lhe deram a missão: tirar-lhe do mundo. Izidine, Izidine: você se meteu na casa da abelha. Esta fortaleza é um depósito de morte.*

E a feiticeira, mais respirável, foi desvendando os sucessivos véus do misterioso assassinato do director.

A verdadeira razão do crime era só uma: negócio de armas. Excelêncio escondia armas, sobras da guerra. Eram guardadas na capela. Só o Salufo Tuco tinha acesso a esse armazém. A fortaleza se transformara num paiol. Os velhos, no princípio, não sabiam. Apenas Salufo tinha esse conhecimento.

Até que, um dia, o segredo transpirou. E os velhos reuniram, assustados. Aquelas armas eram sementes de nova guerra. Na capela se guardavam brasas de um inferno onde os pés de todos já se haviam queimado. Por isso, decidiram: pela calada da noite abririam o depósito e fariam desaparecer as armas. Fizeram-no combinados com Salufo. Levantaram a ideia de escavar um buraco. Mas Nãozinha se opôs.

— *A terra não é lugar para enterrar armas.*

E assim optaram por deitar o armamento no mar. As caixas eram atadas a pedras que lhes davam o peso do eterno fundo. Deitaram algumas lá perto das rochas. Mas as armas eram pesadas, de mais para as suas forças. Além disso, dava nas vistas transportar as caixas, fosse mesmo no escuro da noite. Os velhos desembocavam num impossível: não se podia deitar no mar, não se podia escavar na terra. Onde, então, fazer desaparecer o dito paiol? Aquilo não era coisa para se resolver com pensamento. Só a intercedência de Nãozinha podia valer. E foi o que foi. Certa vez, ela se virou para a velharia e perguntou:

— *Um buraco que perdeu o fundo o que é?*
— *É o nada, próprio.*

E a feiticeira adiantou: não chegava deitar fora as armas. Não havia fora que bastasse para aqueles ferros manchados de morte.

— *Então, que podemos fazer, Nãozinha?*
— *Me sigam, mufanitas.*

E a feiticeira os conduziu junto à capela. Abriu as

portadas com simples roçar de unha. Os velhos espreitaram o gesto de Nãozinha e ainda hoje eles se estão para crer. Ela retirou a capulana dos ombros e cobriu com ela o chão da capela. De um saco retirou o camaleão e o fez passear sobre o pano. O réptil cambiou de cores, regirou os olhos e desatou a inchar. Inflou, inflou a pontos de bola. De súbito, estourou. Foi então que ribombeou o mundo, extravasando-se todo o escuro que há nas nuvens. Os velhos tossiram, afastando as poeiras com as mãos. A seus olhos se esculpiu a fantástica visão: ali, onde havia chão, era agora um buraco sem fundo, um vão no vazio, um oco dentro do nada.

De imediato, puseram braço na obra. E atiraram os armamentos nessa fundura. Despejavam as munições no abismo e ficavam, tempos infindos, a escutar o ruído dos metais entrechocando. Ainda hoje se ouvem as armas, ecoando no nada, escoando para além do mundo.

Até que, um dia, o helicóptero voltou. Vinha buscar armamento. Um grupo de homens fardados desceu do helicóptero e foi ao armazém. Os velhos estavam longe, observando. Os estranhos abriram a porta do armazém e, no seguinte, logo uns tantos se desfiladeiraram pelo abismo, abruptando-se no vão do espaço. Os outros, atónitos, recuaram. Quem escavara aquela armadilha? E onde estavam as armas?

Começou o enorme milando. Desconfiaram de Vasto. Levaram-no para dentro de casa. Passados nem momentos, se ouviram os tiros. Tinham morto Excelêncio. Trouxeram o corpo dele e atiraram-no para as rochas junto à praia.

— *Foram eles que assassinaram Vasto Excelêncio. Foram eles, os mesmos que irão matar-lhe, inspector. Amanhã, hão-de vir para lhe matar.*

Nãozinha terminou as falas, caindo por terra, exausta. Izidine Naíta saiu da cerimónia, foi ao quarto e escreveu durante toda a noite. Redigia como Deus: direito mas sem pauta. Os que lhe lessem iriam ter o serviço de desentortar palavras. Na vida só a morte é exacta. O resto balança nas duas margens da dúvida. Como o pobre Izidine: na mão direita, a caneta; na esquerda, a pistola. O polícia estava todo desalinhavado. Cabeceou sobre a mesa, a testa almofadada pelos papéis. Adormeceu.

Despertou em sobressalto com um ruído na porta. Levantou-se num pulo e apontou a arma. Era Nãozinha. Trazia uma lata ferrugenta. A feiticeira se aproximou, em silêncio. Lhe desabotoou a camisa. Mergulhou os dedos numa banha amarelada e começou a besuntá-lo.

— *Esfrego-lhe com este óleo de baleia.*

Nãozinha falou enquanto friccionava o peito de Izidine. "*A baleia é grande, você ficará maior que qualquer tamanho. Eles lançar-te-ão sobre as ondas. Pensarão que nada irá restar de teu corpo, despedaçado de encontro às rochas. Contudo, a morte já não poderá abraçar-te. Serás escorregadiço como o fogo. As ondas te levarão e só terás destino num lugar onde não chega nenhum barco. Lá onde o mar é que desagua nos rios. Onde a palmeira é que se planta nas ondas, ganhando raiz em fundos corais. Te converterás num ser das águas e serás maior que qualquer viagem. Te digo eu, Nãozinha, a mulher-água. Tu serás aquele que sonha e não pergunta se é verdade. Serás aquele que ama e não quer saber se é certo.*"

Izidine Naíta não viu mas eu, o xipoco dentro dele, tomei atenção na feiticeira mesmo depois de ela bater a porta. A velha saiu, parecendo em culpa. Seguiu caminho cabisbaixinha, até que parou. Olhou a lata com que benzera o polícia, rodou-a entre as mãos. Encolheu os ombros e depois deitou fora a lata.

Décimo quinto capítulo

O ÚLTIMO SONHO

O desalentado gesto de Nãozinha me trouxe decisão. Eu iria abandonar o corpo do inspector. Não podia deixar aquele moço morrer, afundando-se num destino que já me fora revelado. Preferia sofrer a condenação da cova, mesmo sujeito a promoções de falso herói.

Nessa manhã, eu saí do corpo de Izidine Naíta. Restreava assim minha própria matéria no mundo, fantasma de existência própria. A luz imensa me invadiu assim que me desencorpei do polícia. Primeiro, tudo cintilou em milibrilhos. A claridade, aos poucos, se educou. Olhei o mundo, tudo em volta se inaugurava. E murmurei, com a voz já encharcada:

— *É a terra, a minha terra!*

Mesmo assim, pávida e poeirenta, ela me surgia como o único lugar do mundo. Meu coração, afinal, não tinha sido enterrado. Estava ali, sempre esteve ali, reflorindo no frangipani. Toquei a árvore, colhi a flor, aspirei o perfume. Depois divaguei na varanda, com o oceano a namorar-me o olhar. Lembrei as palavras do pangolim:

— *Aqui é onde a terra se despe e o tempo se deita.*

Comecei a escutar as hélices do helicóptero. Me

apreendi, abalado. Eles estavam a chegar! Tudo em mim se repentinou. A voz do halakavuma se fez ouvir:
— *Vá buscar o moço.*

Enquanto eu corria, as palavras do pangolim prosseguiam em minha cabeça. O halakavuma me anunciava seus planos. Ele iria juntar forças deste e de outros mundos e faria desabar a total tempestade. Granizos e raios tombariam sobre o forte.

Durante esses terríveis eventos eu deveria apenas seguir as suas instruções.
— *Você guia o barco, eu conduzo o furacão.*

O barco? Que barco? Ou era simples imagem sem nenhum enigma dentro? Mas o pangolim já tinha emudecido. Corri ao quarto de Izidine e o chamei.
— *Depressa, venha por aqui! Eles já aí estão.*

O homem, primeiro, me desconfiou, atarantonto.
— *Quem é você?*

Não havia modo nem tempo de explicação. Lhe gritei ordem: ele que corresse atrás de mim. O polícia ainda hesitou um momento. Espreitou o céu, confirmando a iminente ameaça. Depois, se decidiu a me seguir, às pressas. Corremos em direcção à praia. O helicóptero nos perseguiu, abutreando lá no alto. Fui conduzindo Izidine para as rochas, onde nos podíamos esconder de feição. Quando nos deitámos entre as penedias da praia eu me contemplei, em espanto. E pensei-me: toda a minha vida tinha sido falsidades. Eu me coroara de cobardias. Quando houve tempo de lutar pelo país eu me recusara. Preguei tábua quando uns estavam construindo a nação. Fui amado por uma sombra quando outros se multiplicavam em corpos. Em vivo me ocultei da vida. Morto me escondi em corpo de vivo. Minha vida, quando autêntica, foi de mentira. A morte me chegou com tanta verdade que nem acreditei. Agora era o último momento em que eu podia mexer no tempo. E fazer nascer um mundo em que um homem, só de viver, fosse respeitado. Afinal, não é o pangolim que diz que todo o ser é tão antigo quanto a vida?

Todo aquele pensamento desfilava em minha cabeça quando, súbito, deflagrou a tempestade. Era coisa jamais presenciada: o céu pegou-se em fogo, as nuvens arderam e o mundo se aqueceu como uma fornalha. De repente, o helicóptero se incandesceu. A hélice se desprendeu e o aparelho, desasado, tombou como esses papeizinhos em chamas que não sabem se descem ou se sobem. Assim, envolto em labareda, a máquina se derrocou sobre as telhas da capela. Afundou-se lá onde se guardavam as armas. Foi então que uma explosão se tremendeou pelo forte, parecia o mundo se fogueirava. Nuvens espessas escureceram o céu. Aos poucos, os fumos se dispersaram. Quando já tudo clareava sucedeu que, daquele depósito sem fundo, se soltaram andorinhas, aos milhares, enchendo o firmamento de súbitas cintilações. As aves relampejavam sobre as nossas cabeças e se dispersaram, voando sobre as colinas azuis do mar. Num instante, o céu ganhava asas e esvoava para longe do mundo.

Depois, vi os velhos que se aproximavam pela praia. Se apoiavam, recíprocos. Atrás vinha Marta. Izidine Naíta me instigou a juntar-me a eles para os ajudar. Eu não podia. Um xipoco, em autenticado corpo, não pode tocar num vivo. Caso senão, ele inflige morte.

E todos, velhos, Marta, Izidine e eu, nos juntámos sob a plataforma que ainda restava sobre as rochas, esse mesmo cais que eu carpinteirara enquanto vivo. Aquela cobertura resistia e nos protegia da chuva de fogo. A construção que fora concebida para servir a matança de prisioneiros cumpria agora funções de ajudar meus companheiros viventes.

Aos poucos, o céu se foi limpando até ficar tão transparente que se podiam ver outros firmamentos para além do azul. Quando, enfim, tudo se acalmou, reinou um silêncio como se toda a terra tivesse perdido voz.

— *Viram o helicóptero?*, perguntou Izidine, excitado.
— *Qual helicóptero?*

A velha feiticeira soltava as gargalhadas. Aquilo que o polícia tomava por máquina voadora era o wamulambo, a cobra das tempestades. E todos juntaram risadas. Nãozinha ordenou que regressassem ao forte. Ela tomou a dianteira e foi abrindo caminho por entre os lugares que se haviam incendiado. Espantação minha: à medida que caminhávamos, as ruínas se convertiam em imaculadas paredes, os edifícios se reerguiam intactos. Os fogos que eu vira, as rebentações que assistira não passaram, afinal, de imaginária sucedência? Havia, porém, entre tudo o que restava, uma prova dessa desordem, um testemunho que a morte visitara aquele lugar. Era a árvore do frangipani. Dela restava um tosco esqueleto, dedos de carvão abraçando o nada. Tronco, folhas, flores: tudo se vertera em cinzas. Os velhos foram chegando à varanda e cuidaram de não pisar os restos ardidos. Xidimingo se inacreditava:

— *Está morta?*

A visão daquela morte me fez lembrar meu próprio fim. Chegara a minha vez de me reassombrar. Acenei, triste, para os velhos. Me despedi da luz, das vozes, do cacimbo. Me comecei a internar na areia, pronto a me desacender. Mas, em meio disso, hesitei: o caminho do regresso não podia ser aquele. Aquele chão já não me aceitava. Eu me tinha tornado num estrangeiro no reino da morte. Agora, para atravessar a derradeira fronteira eu carecia de clandestinidade. Como me transitar, transfinito?

Recordei ensinamentos do pangolim. A árvore era

o lugar de milagre. Então, desci do meu corpo, toquei a cinza e ela se converteu em pétala. Remexi a réstia do tronco e a seiva refluiu, como sémen da terra. A cada gesto meu o frangipani renascia. E quando a árvore toda se reconstituiu, natalícia, me cobri com a mesma cinza em que a planta se desintactara. Me habilitava assim a vegetal, arborizado. Esperava a final conversão quando um fiozinho de voz me fez parar:

— *Espere, eu vou consigo, meu irmão.*

Era Navaia Caetano, o velho-menino. O tempo já lhe tinha confiscado o corpo. Estava encostado no tronco, perdia as naturais cores da vida. E repetia:

— *Por favor, meu irmão!*

Me chamava de irmão. O velho me ratificava de humano, sem culpa de eu, em vida, não ter sido outro. Me estendeu a mão e pediu:

— *Me toque, por favor. Eu também quero ir...*

Segurei a sua mão. Mas então reparei que ele trazia, a tiracostas, o arco de brincar. Lhe pedi para que deixasse fora o inutensílio. Lá os metais eram interditos. Mas a voz do pangolim me chegou, corrigente:

— *Deixe o brinquedo entrar. Este não é um caso de última vez...*

E Navaia se iluminou de infâncias. Me apertou a mão e, juntos, fomos entrando dentro de nossas próprias sombras. No último esfumar de meu corpo, ainda notei que os outros velhos desciam connosco, rumando pelas profundezas da frangipaneira. E ouvi a voz suavíssima de Ernestina, embalando um longínquo menino. Do lado de lá, à tona da luz, ficavam Marta Gimo e Izidine Naíta. Sua imagem se esvanecia, deles restando a dupla cintura de um cristal, breve cintilação de madrugada.

Aos poucos, vou perdendo a língua dos homens, tomado pelo sotaque do chão. Na luminosa varanda deixo meu último sonho, a árvore do frangipani. Vou ficando do som das pedras. Me deito mais antigo que a terra. Daqui em diante, vou dormir mais quieto que a morte.

Glossário

CANHOEIRO: árvore de fruta que é sagrada para os povos do Sul de Moçambique. Do fruto (canho ou nkanyu) produz-se uma bebida alcoólica servida na festa do início da colheita, em Fevereiro. Nome científico: *Sclerocarya birrea*.

CHAMBOCO: matraca.

CHARRA: exclamação de espanto equivalente a "caramba!".

COCUANA: velho.

FRANGIPANI: árvore tropical que perde toda a folhagem no período da floração. Pertence ao género *Plumeria*.

HACATA: planta do género *Hibiscus*.

HALAKAVUMA: pangolim, mamífero coberto de escamas que se alimenta de formigas. Em todo o Moçambique se acredita que o pangolim habita os céus, descendo à terra para transmitir aos chefes tradicionais as novidades sobre o futuro.

KWANGULA tilo: nome que nas línguas do Sul de Moçambique se dá à trepadeira *Asparagus falcatus*. A tradição diz que as tempestades podem rebentar o peito de quem não segura um ramo desta planta.

MACHAMBA: terreno agrícola para produção familiar.

MADALA: velho.

MAFURREIRA: árvore de onde se extrai o óleo de mafurra. Nome científico: *Trichilia emetica*.

MAKA: problema, conflito.

MAMPARRA: designação pejorativa que se dá aos recém-chegados às cidades.

MATOPE: lodo, lama.

MUCHÉM: o mesmo que formiga muchém (as termiteiras).

MUFANITA: diminutivo de mufana, criança.

MULUNGO: branco, senhor.

MUZIMO: espírito, nas línguas do Centro de Moçambique.

NAPARAMA: designação dos guerreiros tradicionais que usam apenas arco e flecha, e que se supõe estarem protegidos pelos feiticeiros contra a acção das balas.

NHAMUSSORO: adivinho.

NKAKANA: herbácea cujas folhas são comestíveis e usadas na medicina local. Nome científico: *Momordica balsamina*.

NTUMBULUKU: termo que, nas línguas do Sul de Moçambique, designa simultaneamente a origem dos seres, os primórdios da Natureza e da Humanidade.

NYANGA: feiticeiro.

SATANHOCO: malandro.

SUCA, mulungo: vai-te embora, branco.

TONTONTO: aguardente caseira.

TUGA: português.

XICUEMBO: feitiço, ou ainda os antepassados divinizados pela família.

XI-NDAU: língua do povo Ndau, do Centro de Moçambique.

XIPEFO: lamparina.

XIPOCO: fantasma.

XI-TSUNGULO: lenço que o curandeiro amarra em redor do pescoço daquele que sofre de má sorte, e que o imuniza contra maus-olhados.

1ª EDIÇÃO [2007] 8 reimpressões

ESTA OBRA FOI COMPOSTA EM GARAMOND PELA SPRESS E IMPRESSA
PELA GRÁFICA BARTIRA EM OFSETE SOBRE PAPEL PÓLEN BOLD DA
SUZANO S.A. PARA A EDITORA SCHWARCZ EM OUTUBRO DE 2019

A marca FSC® é a garantia de que a madeira utilizada na fabricação do papel deste livro provém de florestas que foram gerenciadas de maneira ambientalmente correta, socialmente justa e economicamente viável, além de outras fontes de origem controlada.